KAS

HA

DIAL

gans

POLIN PRYS

Dyllys gans KESVA AN TAVES KERNEWEK

kyns dyllans an lyver ma 2015
first printed 2015

Kovadh rolas rag an lyver ma yw kavadow dhiworth an Lyverva Bredennek.
A catalogue record for this book is available from the British Library.

Pryntys gans BookPrintingUK
Printed by BookPrintingUK

ISBN: 978-1-908965-14-1

Dhe'm mab, Brandan

Gwayt may hwodhvi redya an yrhwedhel
ma nep prys!

"orth meth ha kas ha dial"
Bewnans Ke 36/22

Yma nebes geryow nowydh kevys y'n yrhwedhel
ma dell syw:

GERVA:

Dyenn leskys	-	crême brulée
Forensek	-	forensic
Frankwikoreth	-	smuggling
Glanheans-arghans	-	money-laundering
Glashwerthin	-	to laugh sardonically
Gorthybell	-	answerphone
Gwithyatti	-	police station
Isfler	-	undersmell, undertone
Ishwystra	-	to whisper under your breath
Kottskrif	-	shorthand
Lavant	-	lavender
Patatys yowynk	-	new potatoes
Pennfunenn	-	clue
Sand-rewys	-	frozen meal
Soffa	-	sofa
Tannvedhek	-	paramedic
Torghas-gols	-	hair bun
Trummbali	-	corduroy
Y'n kevamser	-	meanwhile, in the meantime
Yrhwedhel	-	novel

ALHWEDH:

SOCO	-	Scene of Crime Officers (para a'n kreslu sowsnek)

Rann Onan

"DEN MAROW KEVYS DE WAR AN HYNSHORN" a redyas Kerensa Karn yn hy faper nowodhow, myttin y'n gwenton. Toemm o an jydh ha kylgh dergh an howl esa ow splanna dres an lowarth ha dres an mor a welys y'n pellder, ha dres an eyn ow lemmel y'n pras. Dydh leun a lowena o dell heveli martesen.

'Mes nyns yw leun a lowena rag peub,' a brederis Kerensa Karn, owth eva yn lent hy hanafas koffi nowydh bregys - gans leth, heb sugra herwydh usadow. Skrifyades o Kerensa Karn. Hi a skrifa yrhwedhlow romansek, aga eghenn: Mills ha Boon keltek. Benyn a unn oes o hi mes hwath teg lowr. A unn oes? Wel, henn yw dhe leverel, ogas dhe hanterkans bloedh. Melyn o hy gols ha hi yowynka. Y'n dydhyow ma, melyn ha tamm loes o hy gols ha gorrys yn torghas-gols war hy hilbenn. Gwedhwes re bia Kerensa Karn nans o deg blydhen ha nyns esa den nowydh yn hy bywnans privedh - saw piw a wodhya? Yth esa martesen hwath termyn...

Hi a redyas an erthygel oll. Lewyer an tren re assaysa fronna ow kweles neppyth war an hyns a-ragdho - hemm o an tren dhe hanter wosa teyr eur, dohajydh - saw, y'n gwettha prys, ny allas stoppya an tren a-dermyn. An

7

lewyer a dhiskudhas an pyth war an hyns a-ragdho y vos korf den yowynk. O ev marow kyns po wosa an tren dhe'y frappya? Ogas dhe'n tyller may feu kevys an korf yth esa pons rag kerdhoryon dres an hynshorn. An kreslu a grysi an den yowynk dhe goedha a-dhiwar an pons ma bys dhe'n hynshorn a-woeles. Mars o an den yowynk marow yn kynsa le, dell dhesevas an kreslu herwydh an skrifer, yth omladhsa awos kudynn a neb sort yn y vywnans, soweth.

'Piw o an den yowynk hag anfeusik na?' a omwovynnas Kerensa Karn. Nyns o hanow an den skrifys y'n paper nowodhow. 'My a'n aswonn martesen.'

Wosa gorfenna hy hoffi, y pellgewsis Kerensa dhe Rabmen Palfray, hy howeth, neb a oberi rag an paper nowodhow teythyek, 'Galow an Worlewin'.

"Hou, Rabmen! Fatla genes?"

"Da lowr. Pyth yw bodh dha vrys, Kerensa? Yth esov hwath y'n ober."

"Piw o an den anfeusik kevys marow war an hynshorn, de?"

"Ny allav leverel henna dhis, Kerensa - ty a woer nag eus kummyas dhyn dyllo henwyn kyns an kreslu dhe ri an derivadow dhe'n teylu."

"A, Rabmen!" a hanasas Kerensa Karn. "Ty a woer na wrav vy kewsel gans denvyth yn y gever."

"Prys li." a ambosas Rabmen. "Deus er ow fynn ha ni a wra keskewsel - Boesti an Porth Koth dhe unn eur."

Wosa pellgewsel orth Rabmen Palfray, yth eth Kerensa dhe brenassa y'n worvarghas yn mes a'n dre. Kyns drehedhes an worvarghas, byttegyns, hi a dreylyas an karr y'n fordh ynn ha mos bys dhe droe'lergh. Hi a barkyas hy harrtan ha kerdhes a-hys an vownder hag ena a-dhesempis hi a gavas a-dherygdhi an pons dres an hynshorn. Klos o, an jydh na, gans snod glas ha gwynn an kreslu. A-woeles y hweli Kerensa le mayth esa moy snod ha dew withyas kres ynwedh ow hwilas a-dro dhe'n tyller. Nyns esens i ow mires orti ytho hi eth yn kosel yn dann an snod rag hwithra an pons. Nyns esa meur dhe weles. Pons koth gwrys a brenn o ha nowydh terrys veu an gledhrenn. Nyns esa ol moy a'n droglamm. A-dhesempis, byttegyns, y ferkyas Kerensa neppyth meglys y'n askloesennow an gledhrenn - skethennik pann glas. Hi a gemmeras sagh plastek a'y foket rag gorra ynno an skethenn, meur hy rach.

Diwettha, wosa prena hy gwara ha gansa an paper-nowodhow teythyek arall, Kerensa, skruthus, a redyas tamm moy a-dro dhe'n droglamm dell syw:

"Medhek an kreslu a leveris dhyn an den yowynk a goedhas war an hynshorn y talvia bos marow kyns koedha awos bos boghes goes kevys y'n tyller. An korf a goedhas yn oll hevelepter a-dhiwar an pons yn ogas saw an acheson nyns o hwath kler. O hemma omladhans po drogober? Kyns i dhe gemmeres an korf dhe-ves, an medhek a dheuth dhe'y hwithra *in situ*. Dell gonvedhyn, an penn re bia treghys ogas yn tien a'n korf gans rosow an tren! Res o dhedha hedhi oll an trenow de ha re beu ordenys hedhyw karyans yn kyttrinyow rag oll an dus ow vyajya."

Dhe unn eur, hi a omvetyas gans Rabmen Palfray yn Boesti an Porth Koth. Rabmen, wel, bras o puptra yn y gever. Den hir o ha tamm berrik. Bras o y benn ha bras y wols - rudhvelyn ha krullys avel lew. Ow prederi a henna, Kerensa Karn a hwarthas yn ughel.

Hi a dhiskwedhas an skethennik pann dhe Rabmen.

"Ty a ladras prov a-dhann dhewfrik an kreslu!!" a grias Rabmen, ow mingamma.

"Ny's kavsons i," a brotestyas Kerensa. "Avorow y hwrav hy ri dhe'n Pennhwithrer. Ytho, lavar dhymm an pyth a wodhes war an mater."

"Nyns eus meur dhe leverel," yn medh Rabmen, minhwarth yn y dhiwweus ow kweles an terder war enep Kerensa. "Hanow an den yw Jago Hosket. Trigys o omma yn ogas gans y wreg ha'ga flogh byghan."

"Hosket - my a aswonn an hanow na," yn medh Kerensa. "Yma benyn goth neb a aswonnav henwys Hosket."

"Y vamm po y vammwynn martesen," yn medh Rabmen.

"Deun dh'y gweles. Hi a wra ri dhyn kedhlow martesen." Yth esa Kerensa a'y sav parys dhe vos.

"Ny yllyn mos dhe weles benyn druan neb a gollas hy mab po hy mabwynn de!"

"Deun!" yn medh Kerensa arta. "Nyns yw pell. My a wra kewsel orti. Ty a skrif notennow mar mynn'ta gul neppyth."

Warbarth yth ethons dhe ji Mestres Hosket. Dyji o, ogas dhe'n porth-pyskessa. Kywni a devi war an fosow koth growanek ha fest byghan o an fenestri. Yn fur y frappyas Rabmen orth an daras ha gortos. Wor'tiwedh, dyjenn yth igoras an daras.

"Piw eus ena?" a wovynnas lev ronk.

"Mestres Hosket? Ottavy, Kerensa Karn - ty a borth kov ahanav. My a vynna kewsel orthis, Vestres Hosket."

"Kewsel orthiv?" a grysyas an lev. "Piw osta arta?"

11

"Kerensa Karn - an skrifyades. Ny wruss'ta ow ankevi dell fydhyav."

"Kerensa Karn! Hemm yw marth. A dheuthys awos Jago? Deus y'n chi, Vestres Karn. Yth eson ni yn kynvann omma, saw dha honan, ty a aswonn hemma yn ta."

Pubonan a wodhya bos Kerensa Karn gwedhwes.

"Keskalarow dhis, Vestres Hosket. Keskalarow a'm kolonn. Re glewis neppyth a-dro dhe Jago - dha vab o, a nyns yw gwir?"

"Deus y'n chi, mar pleg - mes piw osta jy?" yn medh an venyn goth ow kweles Rabmen wostiwedh.

"Hemm yw ow howeth, Rabmen," yn medh Kerensa yn skon.

"Dewgh y'n chi, ytho," yn medh an venyn arta, lemmyn nebes a'y anvodh.

Tewl o y'n dyji ha yeyn. Nyns esa marnas kantol ow leski war an voes a brenn esa yn kres an stevell.

"Hwath ny allav krysi yth yw gyllys, Vestres Karn," yn medh an venyn goth yn truesi. "Ow yowynka o. Unn vyrgh ha hwegh mab a'm bo ha lemmyn saw pymp! Gyllys yw ow yowynka dell leversons dhymm. Ny allav krysi bos hemma gwir. Mar vywek o ev, ow yowynka: Pupprys ow kwari hag ow kul prattys kepar ha meppik hwath."

"O Jago pur drist?" a wovynnas Kerensa Karn.

"Trist? Jago? Bythkweth nyns o Jago trist. Ass yw tybyans koynt! Yma baban nowydh ow tos kyns pell ha rakhenna fest lowen yns - ens... Ha Jago a'n jeves ober lemmyn - a'n jeva, y talvia dhymm leverel..."

"Nyns esa kudynn dhodho a arghans, ytho?" a wovynnas Kerensa Karn orth an vamm druan.

"Namoy - ny'n jevo namoy kudynn a arghans. Yth esa fowt a arghans kyns mes gans y ober war an kok, chanjys veu pup-tra ha gwynn o aga bys dell ov sur. Hag Annik a ober ynwedh. Hi a's teves ober y'n worvarghas yn kres an dre. Y fydh edhomm dhedhi powes an ober kyns pell awos an baban mes hi a hwath pub myttin herwydh usadow ha my ow kwitha ow mabwynn."

"Pur dha," yn medh Kerensa Karn. "Dha vab a'n jevo eskerens a neb sort, martesen?"

"Eskerens? Pana dybyans! Maw da o Jago. Dhodho nyns esa eskerens mann. Lies koweth a'n jevo. Prag y hwovynn'ta orthiv taklow a'n par na?"

"An kreslu, a ny wovynnsons taklow a'n par na orthis, Vestres Hosket?"

"Na wovynnsons! Ny wovynnsons i vyth oll! Pana dybyans!"

Wosa aga farwel, Kerensa Karn ha Rabmen Palfray eth dhe ji Kerensa rag daswel an studh.

"Pyth a wrussyn dyski ytho?" yn medh Rabmen.

"Y'n kynsa le, ni a woer nag o omladhans. Nyns esa skila vyth Jago Hosket dhe omladha. Henn yw kler dhyn ni lemmyn. Saw an kreslu, wel, nyns yw kler dhedha i, dell gonvedhav."

"Gwir. Ha mar nyns o omladhans, res bos denladh dell hevel dhymm," yn medh Rabmen arta.

"Ha'n kreslu, nyns esons i owth helghya denledhyas vyth oll," a hanasas Kerensa Karn, ha hy ow pareusi pottas te. Te Darjeeling o, yn tevri - an gwella te orth hy brys. Ha nyns esa yn saghigow heb mar!

"Nyns yw y wreg neb a'n ladhas mars yw hi lies mis torrek. Ny via hi krev lowr rag herdhya an korf a-dhiwar an pons."

"Gwir. Ytho, ni a yll gorra dhe denewen y wreg ha'y vamm. Nyns yns i kablus." Ow leverel henna, Kerensa a dheveras an te a'n pott-te y'n hanafow der an sidhelik.

"Piw o y gowetha? I a wra leverel dhyn neppyth martesen," a brofyas Rabmen.

"Tybyans da. Eus diwotti ogas dhe ji Jago? Ny aswonnav lies diwotti ..."

"Yma'n Fumado Fin. My e dhi nans yw polta. Diwotti koth yw ogas dhe'n porth-pyskessa."

"Ke dhi, ytho, ha pysi kedhlow a Jago," yn medh Kerensa.

"Y'n eur ma?"

"Y'n eur ma! Nyns eus termyn dhe wibessa!"

Rabmen Palfray eth dhe ves, ytho, wosa eva y de, dhe hwilas kedhlow y'n diwotti An Fumado Fin. Diwotti pur vyghan o ha fest koth. Kamm o an treustrow hag yth esa leghveyn usys war an leur. A-bervedh, yth omlesa fler a vog hag a gorev koth. Leun o an diwotti pub dydh a byskadoryon, ytho yth esa keffrys isfler a bysk yn pub le oll.

Y'n kevamser, Kerensa Karn eth y'n esedhva, ow synsi hy hanaf daslenwys a de fresk, dhe dhalleth pellgewsel orth tus a aswonni hi. Termyn hir yth o trigys y'n dre vyghan ma ryb an mor ha hi a aswonni omma lies a'n annedhysi. Yn tevri, ogas hag oll an annedhysi a'n dre a's aswonni hi awos bos Kerensa Karn awtour sewen a yrhwedhlow romansek ha dre henna, geryes-da y'ga mysk.

Ternos vyttin, y sonas an pellgowser dhe hanter wosa hwegh eur, difuna anhweg rag Kerensa a omsevi dell o usys a-dro dhe eth po naw eur a-dhia vernans hy gour.

15

"Piw eus ena?" a wovynnas Kerensa ow korthybi orth an galow.

"Mestres Karn?   Mestres Kerensa Karn?" yn medh lev sevur.

"Ov.   Kerensa Karn ov yn hwir.   Piw a vynn godhvos?"

"Ottomma Hwithrer Penntesek a Greslu Kernow. My a vynn kewsel orthowgh a-dro dhe vernans Jago Hosket. Yth esov y'n karrtan war fordh dh'agas chi. Bedhewgh parys mar pleg."

An linenn a veu treghys kyns Kerensa dhe leverel ger moy.   Hi a omsevis hag omwiska yn skon. Yth esa hi ow korra dowr y'n galtor pan dheuth dew withyas kres dhe'n daras.

Den hir ha tanow o Hwithrer Penntesek ha hanter moel maga ta.   Fest yowynk o an gwithyas kres arall ha dhodho enep a vaban. Y hanow, dell heveli, o Soedhek Trevor - yn tevri, Trevor Trevor o mes ny wodhya Kerensa henna.

"Koffi po te?" a wovynnas hi orta.

"Koffi du heb sugra," a worthybis an hwithrer yn kott, owth esedha war skavell y'n gegin.   An gwithyas kres yowynk, Soedhek Trevor, a hwystras:

"Te ragov mar pleg, Madama - ha sugra ha leth."

"Ytho," yn medh an hwithrer wosa eva banna koffi, "Pyth a dhiskudhsowgh de?"

"De? Prag?" a wovynnas Kerensa Karn, ow ri dhedha minhwarth hudel.

"Gorthybewgh mar pleg, orth an govynn." Nyns esa minhwarth war enep an hwithrer.

"Yn sur - saw ny gonvedhav vy an govynn, Hwithrer."

"Hwi eth dhe hwithra an pons yn ogas le may feu kevys an korf marow war an hynshorn. A wrewgh y nagha?"

"Na wrav. Res yw dhymm avowa my dhe vos dhe weles an pons may feu ledhys an den yowynk truan."

"Aha! Poran! Dhe'n lyha, yth avowowgh mos dhi."

"Pyth yw an kudynn, Hwithrer?"

"An kudynn? Hwi a woer yn ta pyth yw an kudynn, Madama! Yma snod glas ha gwynn an kreslu oll a-dro dhe'n pons rag parkya tyller drogober ha hwi a'n drehevis rag mos yn danno dhe aspia a-dro." Hwithrer Penntesek a viras orth Kerensa yn sevur. "Ha mellya gans tyller drogober yw y honan drogober! Y tegoedhvia my dh'agas sesya ha'gas gorra yn bagh y'n gwithyatti, distowgh!"

"Dar, Hwithrer Penntesek," yn medh Kerensa Karn yn lev hweg, "ny wrug vy mellya gans an tyller-drogober."

"Pur dha. Ny wrav agas sesya an weyth ma. Saw hedhyn gwibessa! Leverewgh dhymm an pyth a gevsowgh war an pons."

"Da lowr - y kevis skethennik pann glas yn dann an gledhrenn. Gortewgh pols ha my a wra hy hyrghes." Hi a boenyas a-wartha dh'y chambour rag kyrghes an skethennik pann. A-woeles arta, hi a's ros dhe'n hwithrer, hwath maylys yn hy sagh plastek.

"Fatell wodhyewgh hwi my dhe vos dhe'n pons, Hwithrer?"

"Den koth ow kerdhes gans y gi a'gas gwelas hag ev a bellgewsis orthyn rag y dherivas!"

"Den koth? Py den koth?"

"Ny vern a henna! Pyth yw hwarvedhys ena, orth agas brys?" a wovynnas an hwithrer, ow mires orth an skethennik.

"Ny wrug an den yowynk omladha, sur ov a henna. Ha ny grysav vy bos henna droglamm. Ytho, y tal bos denladh ..."

"Denladh? Prag na dhressowgh an daklenn a brov dhe'n gwithyatti, ytho?"

"Y'n kynsa le, nyns en sur bos denladh."

"Ha lemmyn?"

"Lemmyn, sur yn tien ov y vos denladh, Hwithrer."

Hag i ow mos mes a'n chi, Kerensa a hwystras dhe'n gwithyas yowynk:

"Py hanow o an den koth?"

"Sessil Prowse," a worthybis Soedhek Trevor heb prederi. Y'n gwella prys, ny glewas an Hwithrer.

Diwettha, wosa an dhew withyas kres dhe vos dhe ves ha gansa an saghik plastek ha'n skethennik pann glas ynno, ha Hwithrer Penntesek dhe'y gwarnya erbynn gul arta taklow gokki a'n par na, Kerensa a bellgewsis orth Rabmen Palfray rag dyski an pyth a dhiskudhas y'n Fumado Fin. Hi a dherivas orto, y'n kynsa le, hy heskows gans Hwithrer Penntesek a Greslu Kernow.

"Ogas sesys arta!!" a grias Rabmen. "Bydh war, Kerensa. An nessa prys ny wredh diank mar es!"

"Ha ty, ytho? A wrussta dyski neppyth?"

"Gwrug. My a dhyskas bos kedrynn vras ynter Jago ha mab y gyns-arvethor, nans yw trymis," yn medh Rabmen.

"Ha piw yw an den na?"

"Alan Plenkynn yw hanow an mab. An tas yw Jakob Plenkynn. Pyskadoryon yns. Jakob a'n jeves kok bras ha peswar den a ober warnodho. Jago Hosket o onan a'n peswar kyns an gedrynn. Wosa henna, ev a gollas y ober."

"Ha pyth o skila an gedrynn?"

"Ny wonn. Denvyth ny vynna derivas orthiv an manylyon. Meur a atti yth esa prest yntredha, dell hevel."

"Hemm yw dhe les. My a wra hwilas kedhlow pella a'n mater."

"Hag yma neppyth moy," a besyas Rabmen. "Jago a ros myns bras lowr a arghans dh'y vroder da avel koelans, nans yw pols. An pyth a glewis o hemma: bythkweth ny attylis y vroder da an arghans dhodho. Yth esa atti bras yntredhi i ynwedh awos henna, dell leverir."

"Ple kavas Jago myns bras a arghans, my a omwovynn?" yn medh Kerensa. "A yll henna bos gwir? Nyns yw y deylu rych, hag oberi avel pyskador, nyns yw henna fordh dhe dhos ha bos golusek... Piw yw y vroder da, Rabmen?"

"Err - my a skrifas an hanow neb le - ottomma: Peder Paynter. Y wreg yw hwoer Jago."

"Meurastajy, Rabmen. Res yw dhymm hwilas an manylyon lemmyn. Pellgows orthiv mars eus moy dhe dherivas."

Kerensa a gemmeras tamm paper ha dalleth skrifa an pyth a wodhya war an mater ha gul notennow a'y merkyansow. Wosa henna, hi a janjyas hy eskisyow rag mos mes a'n chi.

Rann dew

Wosa mos dhe weles Kerensa Karn, Hwithrer Penntesek ha'y wereser yowynk, Soedhek Trevor, a dhehwelis dhe'n gwithyatti esa desedhys yn kres an dre. Y tegoedho dhe'n hwithrer gorfenna bern a baperweyth esa orth y wortos war y dhesk, kyns ev dhe wul y alow pub-dydhyek orth y vester yn Truru, Pennhwithrer Jenkyn.

Re spensa an hwithrer oll an jydh kyns ow hwithra kas Jago Hosket ha hwath nyns o ev sur mars o an mernans droglamm po omladhans. Gans Soedhek Trevor, ev eth dhe gewsel orth teylu an den truan, myttin. Peub a leveris bos Jago Hosket den da ha lowen. Lies koweth a'n jevo ha nyns esa kudynn vyth yn y vywnans. Yth esa gwreg Jago owth oela ha kentrevoges gensi owth oela keffrys. Ny ylli an hwithrer perthi henna termyn hir, ytho ev eth dhe ves skaffa galla.

Kyns mos, byttegyns, an dhew withyas kres a hwithras an chi, gans kummyas an wedhwes, heb kavoes meur. Hwithrer Penntesek a ambosas dannvon Soedhek Lynn rag gweres an teylu Hosket pan dhallathas hi an ober, tamm diwettha. Soedhek Lynn o an venyn unnik y'n gwithyatti y'n eur na, ytho hi a oberi ynwedh avel Soedhek Skoedhya-Teyluyow.

Unn dra hebken dhe les y kavsons y'n chi Hosket hag o kist vyghan a brenn y'n amari yn dann an grisyow. Mestres Hosket an yowynka, henn yw dhe leverel an wedhwes, hi a leveris bythkweth na welas an gist ma kyns. Moy es henna, hi a leveris bos mater pur goynt. Hi a lanhasa an amari nans o dew vis ha ny's gwelsa ena. Alhwedhys veu an gist heb mar ha denvyth ny ylli kavoes an alhwedh.

An wedhwes Hosket o benyn yowynk, Annik hy hanow. Martesen hwegh mis po moy o hi gyllys gans baban, henn o apert. Teg ha hweg o Annik, spit dhe dhagrow ow resek heb hedhi a'y dewlagas las ha trist. Yth esa flogh yowynk dhedhi seulabrys, meppik a-dro dhe dhew vloedh y oes. Ny gonvedhi an meppik an pyth re hwarvia dh'y das hag ev a wovynna a dermyn dhe dermyn: "Ple ma tasik?", ow mires orth y vamm avel pan lavarra 'prag yth osta leun a alar, mammik?'.

An gentrevoges kuv a leveris dhe'n hwithrer bos mamm Annik ow tos a Egloshal kyns pell rag gwitha an meppik. Ny ylli hi, hy honan, gul gweres termyn hir drefenn bos hy gour ha'y mebyon ow tehweles tre a'n mor haneth wosa pyskessa seythun. Ytho, yn sur, res o dhedhi pareusi boes rag aga hoen.

"I a dhre puskes, heb mar, saw da yw gansa dybri kig wosa seythun ow pyskessa!" yn medh hi, ow sygha hy dewlagas, lowen ow kodhvos bos hy theylu hi hwath yn poynt da.

Chi an teylu Hosket o onan arnowydh lowr yn mysk lies a'n keth sort, byghan ha drehevys yn skon yn kylgh, avel mestrev an dre nans o martesen ugens blydhen, ow sywya towl an konsel. Oll an annedhysi o delghysi an konsel. Y'n gwiryonedh, nyns o mestrev vyth oll drefenn bos an kylgh a jiow drehevys marnas pymp mynysenn war droes a'n porth koth yn le mayth esa nans o hirneth marghas vras an puskes. Removys veu an varghas dhe Bennsans, kyns Nessa Bel an Norvys, ha'n tyller a veu gyllys dhe goll termyn hir. Dhe wir, tyller gordevys gans spedhas ha dreys o, kyns an weythoryon dhe dhos ha gansa towlow ha jynnow dhe lanhe an tir rag drehevel an kylgh a jiow.

Nans o ugens blydhen, an chiow ma o glan ha fresk. Lemmyn, usys ha plos o ogas pub chi ha'ga fisment boghosek. Yn kres an kylgh a jiow yth esa park byghan. Henn yw dhe leverel, yth esa darn a wels garow ha warnodho lesk-lovan ha slynkva rag fleghes an drigoryon. I a waria ena yntra tri harr war an ke, gesys dhe wosseni yn mysk an wels.

An gentrevoges a brofyas gorra an meppik dhe wari y'n park ha'n hwithrer ow kewsel orth an vamm. I eth dhe ves warbarth dhe'n darn a wels ha dehweles deg mynysenn a-wosa, an meppik owth oela ev ynwedh lemmyn.

"Ev a goedhas ha shyndya y lin," yn medh an gentrevoges, yn unn dhihares. Nena, yth hepkorras an hwithrer y hwithrans. Yn oll hevelepter, droglamm a veu ha travyth moy. Ytho, yth erviras mos dhe worfenna y baperweyth yn y soedhva.

"Gwra lenwel an formow ma, Trevor, y'n jynn-amontya," yn medh ev dhe'n soedhek yowynk, wosa i dhe dhehweles dhe'n gwithyatti. "Govynn orth JoJo dhe dhiskwedhes dhis fatell y'n gwrer mars eus kudynn."

Hwithrer Penntesek a entras yn y soedhva ha degea an daras, ow hanasa. Bras o y dhiskeudh may tianksa a'n dagrow truedhek na. Nyns o an hwithrer den bras y berthyans nag y'n gwiryonedh den bras y biteth. Ev a gemmeras yn mes a'y sagh an gist alhwedhys, kevys yn chi an wedhwes.

An hwithrer a assayas igeri an gist gans rach. Nyns o possybyl y wul yndella, ytho, wor'tiwedh ev a dorras an gorher. Y'n gist y kavas bernyow a lytherow. Dres henna, brassa rann a'n lytherow a veu skrifys yn yeth nag o aswonnys mann dhe'n hwithrer. Nyns o ev pur gonnyk yn yethow, rag henna ev eth dhe wovynn orth an soedhogyon erell mar pe an yeth aswonnys gansa. Oll anedha, byttegyns, a leveris bos an yeth ankoth dhedha yn tien.

Nyns o henna marth bras dhe'n hwithrer drefenn na gewsi na JoJo Kargeek na Trevor Trevor yeth estren vyth.   Serjont Gover a brederis bos an yeth y'n lytherow tamm haval orth an yeth Frynkek, saw nyns o Frynkek, sur ova a henna.

"Ni a studhyas Frynkek y'n skol, teyr blydhen," yn medh ev dhe'n re erell. "Ny wonn y gewsel mann mes y hallsen y aswonn skrifys, heb mar."

Hwithrer Penntesek a studhyas ev ynwedh an yeth Frynkek y'n skol dres nebes blydhynyow.

"Unnver ov genes, Alan," yn medh ev, ow mires orth onan a'n lytherow.

"Nyns yw Frynkek.   A wruss'ta gul dha Nivel 'O' yn Frynkek, ytho?"

"Na wrug! Ny wrug vy gul henna, Syrra. Nyns en studhyer da y'n yethow. Awgrym ha skians o gwell genev vy."

"Ha my ynwedh," a avowas an hwithrer, owth hanasa arta.

"Ha my," a geworras JoJo esa ow koslowes. Soedhek Trevor a vinhwarthas.

"Hedra a wra aswonn an yeth, Syrra," yn medh ev, yn hweg. "Hi a gews ha Frynkek hag Almaynek ha lies yeth arall."

"Meurastajy, Trevor," yn medh Hwithrer Penntesek. "My a woer hi dhe gewsel lies yeth saw nyns usi hi omma y'n eur ma!"

Soedhek Trevor a woherdhyas JoJo yn y asennow. Fest yowynk o an dhew anedha ha kowetha dha. Trevor o blydhen po diw an yowynka ha hwath trigys yn chi y vamm, gwedhwes pyskador a Lulynn. Y dhew vroder kottha eth nans o termyn dhe driga yn Ostrali, ytho, nyns esa lemmyn saw Trevor ha'y vamm goth rag gwitha an eyl y gila.

JoJo, yn kontrari part, o den demmedhys nans o hwegh mis ha trigys y'n rannji ogas dhe'n gwithyatti gans y veurgerys, y wreg hweg Lusi, neb o gweresores y'n veythrinva-fleghes. Peub y'n gwithyatti a aswonni Lusi yn ta drefenn hi dhe dhos yn fenowgh dhe weles JoJo yn y ober kyns aga demmedhyans ha hwath lemmyn ha hi ow kerdhes tre, hi a dho treweythyow dhe gewsel orth hy gour pymp mynysenn. Leun a dhidhan o Lusi, pupprys ow hwerthin ha heudh avel golow an howl.

Trevor ha JoJo, an dhew anedha a wodhya bos Hedra Lynn, benyn unnik an gwithyatti, an veurgerys a Hwithrer Penntesek. Yn sur, nyns o an gerensa ma daskorrys na ny wodhya an hwithrer bos henna aswonnys gans pubonan - ev a grysi y vos y gevrin y honan. Den demmedhys o Hwithrer Penntesek saw, nyns o namoy y dhemmedhyans onan lowen, y'n gwettha prys. Yn y dhewlagas ev, Hedra Lynn o flour an benynes, adhyskys ha skentel hag yn kettermyn, hegar ha jolif ha teg maga ta. Nyns o hi tavosoges, byttegyns, ha'y bywnans privedh o privedh dhe wir. Hi a glappya boghes ha henna marnas gans Harri Nans, an soedhek arall y'n gwithyatti. Esa neppyth yntredha i? Henn o an govynn herwydh JoJo ha Trevor ha ny wodhyens an gorthyp.

"Harri Nans a wra aswonn an yeth ma," yn medh Alan Gover, a-dhesempis.

"Gwir a leverydh, Alan," yn medh an hwithrer, "ha ple mava y'n eur ma?"

"Ev eth dhe Druru hedhyw vyttin a-varr," a worthybis JoJo. "Pennhwithrer Jenkyn a vynna y weles - "

"Gast!" a grias Hwithrer Penntesek, serrys gans an nowodhow ma. Yth esa own bras dhodho kelli Harri Nans, y wella soedhek (marnas Hedra). Dout a'n jevo bos bodh an Pennhwithrer dri Harri dhe oberi yn y bara ev yn Truru yn Pennplas an Kreslu.

"Prag na wrav vy mos dhe'n lyverva," a brofyas Serjont Gover. "I a wra aswonn an yeth ena, yn sur."

"Skaffa gylli, Alan, ytho," a grias an hwithrer hwath serrys, "fisten!"

Serjont Gover eth dhe ves heb fistena mann. Ev re obersa lies blydhen gans Hwithrer

Penntesek hag yn ta yth aswonni anperthyans an hwithrer. Alan ynwedh o den demmedhys, nans o ogas ha dew-ugens blydhen. Y dhiw vyrgh o benynes lemmyn, an kynsa owth oberi avel laghyades yn Loundres ha'n nessa o dyskadores yn Reading ha trigys gans hy har. Fest goethus o Alan a'y wreg ha'ga myrghes skiansek. Spit dh'y oes, nyns esa hwans dhe Alan omdenna a'y soedh hag ev a oberi pur yn ta gans y hwithrer.

Benyn an lyverva a viras yn gluw orth onan a'n lytherow.

"Nyns ov sur," yn medh hi wor'tiwedh. "Yma nebes geryow omma skrifys yn Spaynek po Portyngalek. Saw an re erell - ny wonn!"

"Pyth a lever an geryow Spaynek?" a wovynnas an serjont, leun a berthyans, dihaval orth an hwithrer.

"Otta an ger 'amor' - henn yw 'kerensa'. Hag otta an ger 'pronto' - henn yw 'desempis', hag an ger 'entregar' - henn yw 'daskorr'. A lever neppyth dhywgh, Serjont?"

Serjont Gover a skrifas oll an geryow yn y skriflyver.

"Piw a wra aswonn an geryow erell?" a wovynnas.

"Res yw dhywgh govynn orth nebonan yn Loundres dell grysav," yn medh an venyn. "Po eus martesen nebonan fest skientel yn yethow yn Tremogh?"

Arta dehwelys dhe'n gwithyatti, Alan Gover a dherivas y gesgows dhe'n hwithrer.

"Rin yw," a erviras ev, wor'tiwedh. Nyns o Hwithrer Penntesek pes da vyth oll ow klewes hemma. "Mes Pennskol Tremogh yw bras lowr, Syrra. Ni a allsa assaya," a besyas Gover.

"Pellgows orth Tremogh, ytho," a skrynkyas an hwithrer, owth entra yn y soedhva ha degea an daras gans krakk bras.

Rann tri

Nebes ouryow diwettha, yth esa Kerensa arta orth hy moes ow skrifa notennow. Re dremensa hirneth ow kovynn taklow orth tus y'n dre, yntredha an den koth, Sessil Prowse y hanow, ha lemmyn hy a vynna perthi kov a'n pyth oll re dhiskudhsa. Hi a skrifas, ytho:

JH = Jago Hosket, AP = Alan Plenkynn, PP - Peder Paynter

1. JH - AP - kedrynn - a-dro dhe byth? (Denvyth ny vynn derivas an manylyon - po ny's aswonn.) Pleth esa AP dygynsete? Dell lever y vamm, re beu war an kok ow pyskessa nans yw trydydh. I a wra dehweles avorow martesen.

2. JH - PP - koel anattylys - rag pyth? Rag prena karrtan dell lever an gentrevogyon... A ble teuth an arghans? Eretons y dasgwynn dell lever arta an gentrevogyon... hmmm! Pleth esa PP dygynsete? Ev eth (yn y garrtan) dhe Newton Abbot rag negys, myttin, ow tehweles tre nyhewer, dell lever ev y honan. Pyth o an negys yn Newton Abbot?

Ny vynna ev leverel dhymm. Eth ev
ena, y'n gwiryonedh? Kales bos sur ...
3.   An den koth (Sessil Prowse y
hanow) ow kerdhes gans y gi - dhymm
ev a leveris ev dhe gerdhes y'n vownder
pub dydh oll gans y gi dhe'n keth eur ha
myttinweyth ynwedh. Dygynsete, ev a
welas dew po tri den owth omladh war
an pons.   Ny vynna mos nes dhe'n dus
ytho ev a wortas y gi esa ow resek y'n
gwydh tamm kyns an pons. Dell hevel,
onan a'n dus eth sket mes a wel. An
den arall a dhallathas poenya dhe ves -
wor'tu arall ha'n den koth. Ny wodhya
an den koth an kynsa den dhe goedha
war an hyns-horn ytho ev eth tre gans y
gi heb kerdhes vyth oll war an pons.

    Ytho, (dell dhismygav) JH a wrug
omladh gans den arall war an pons. A
veu ev herdhys a-dhiwar an pons gans an
den po a wrug ev koedha dre happ? Mar
pe droglamm, prag na wrug an den arall
gelwel gweres? Ytho, herdhys veu JH,
yn oll hevelepter.

    Piw o an den arall? Esa moy es
unn den arall?

Kerensa Karn a hedhis skrifa ha dalleth prederi. Pyth o hy dever? O ev pellgewsel orth an kreslu? Martesen y tegoedhvia dhedhi derivas an kedhlow ha'y thybyansow dhe'n Hwithrer? Hi eth dhe bareusi pottas te Darjeeling yr dhe eva ha hi owth ervira an pyth o an gusul wella. Wosa prederi yn hy hever, an fordh ewn dell heveli dhedhi o mos dhe gewsel arta orth Sessil Prowse, an den koth, ha wosa henna kewsel orth an kreslu.

Trigys o Mester Prowse gans y gi yn pennti teg dhe benn arall an dre. Glan ha kempenn o an pennti ha'n den koth maga ta. Den byghan o Sessil hag yth esa dhodho gols gwynn avel oen ha minvlew splann maga ta. Ha byttegyns, namoy ny'n jevo dhe dherivas dhedhi - marnas unn dra. Martesen, dell leveris, re bia benyn a'y sav dhe du arall an pons. Nyns o ev sur. Ev re welsa benyn ena, yn mysk an gwydh. Mes martesen henn o wosa an omladh, wosa an den dhe vos mes a wel ha'n den arall dhe boenya dhe ves. Saw piw a woer? Martesen an venyn a welas neppyth. Ha piw o an venyn ma? Henna ny wodhya Sessil Prowse. Ny's aswonni mann.

"Pana semlans esa gensi, ytho?" a wovynnas Kerensa Karn orto.

"Yowynk. Benyn yowynk dell grysav," a worthybis Mester Prowse. "Ha gwiskys yn dillas melyn. Dhe'n lyha, melyn po gwyrdh.

Ha nyns ov sur hy bos yowynk. Pell lowr o hi dhiworthiv ha hanter kelys yn mysk an gwydh."

Digennerthys, yth eth Kerensa Karn tre dhe bareusi derivas rag an kreslu. Yndellma, y kowlwrussa hy dever heb Hwithrer Penntesek dhe grodhvolas arta. Ass o ev den krodhek!

Wosa kemmeres hy derivas dhe'n gwithyatti (heb gweles an Hwithrer), Kerensa Karn a erviras mos dhe geskewsel orth teyr benyn goth a aswonni hi y'n dre. Gwedhwes ens i oll lemmyn ha pub huni a's tevo ki. Pub dydh yth ens dhe'n treth hir may hylli resek an keun ha'n deyr howethes ow kesklappya. Pan o brav an gewer, par dell o an jydh na, i a brena boes ha diwes yn Koffiji an Treth Hir ha tremena warbarth an dohajydh y'n howlsplann.

A'n benynes, an kottha o Dolli, pymp ha peswar ugens hy bloedh. Strik ha konnyk o hi, hwath. Wosa Dolli, yth esa Kaja, etek ha tri ugens bloedh. Kyns-dyskadores o hi ha fest skentel. An tressa anedha o Rubi, unnek ha tri ugens bloedh. Gwriadores o Rubi. Hi eth ha bos gwriadores ha hi benyn yowynk hag yth esa hi hwath owth oberi, hanter-termyn. Yntredha i oll, i a aswonni ogas pub den ha benyn ha flogh y'n dre.

Herwydh aga us, yth esa an teyr benyn war flour an koffiji, an jydh na, owth omlowenhe y'n howlsplann, ha'ga thri hi ow resek war an tewes.

"Kerensa Karn!" a grias Dolli, ow kweles Kerensa ow tos nes. "Ass yw brav dha weles omma. Esedh hag eva te genen."

"Meurastahwi," yn medh Kerensa Karn, owth esedha rybdhi. I a geskewsis a'n taklow kemmyn a'n dre, pols. Ena, Kerensa Karn a wovynnas orta mars aswonnens benyn yowynk, martesen nowydh-devedhys y'n dre. Hi a dherivas orta an pyth a lavarsa Sessil Prowse dhedhi, a-varra.

"Martesen y hyll bos Mestres Penntir," a brofyas Dolli.

"Nyns yw Mestres Penntir," yn medh Rubi. "Nevra ny wra hi gwiska dillas na melyn na gwyrdh."

"Ha ny yll bos Sara Angov," yn medh Kaja. "Nowydh-devedhys yw hi mes ynwedh kentrevoges an den koth na. Ny'n jevia kudynn rag aswonn Sara."

"Piw yw Sara Angov, ytho?" a wovynnas Kerensa Karn.

"Benyn yowynk a Fowydh. Hi a dheuth omma nans yw hwegh mis rag gweres y'n skol," a worthybis Kaja.

"Martesen y tegoedh dhymm kewsel orti, byttegyns," yn medh Kerensa. "Piw a woer yth yns gwann, dewlagas Sessil Prowse."

"Yma benyn arall," yn medh Dolli. "Ny wonn hy hanow saw hi a's teves stall y'n varghas pub seythun."

"Ha pana semlans eus gensi hi?" a wovynnas Kerensa.

"Hy semlans - wel, moen yw ha teg ha yowynk. Nyns yw hi mar yowynk avel Sara, yn sur."

"Mes yowynka es Mestres Penntir," yn medh Kaja.

"Du yw hy gols, dell grysav," yn medh Rubi, "hag yma dillas gwyrdh dhedhi hi. My a's gwelas yn dillas gwyrdh nans yw seythun."

"Pandr'a werth y'n varghas, ytho?" a wovynnas Kerensa Karn.

"Kartennow gwrys gensi ha pallennow brosys rag pluvogow ha taklow a'n par na," yn medh Rubi.

"Ha pleth yw hi trigys?"
An deyr a viras an eyl orth hy ben. Nagonan anedha ny wodhya le mayth o trigys benyn yowynk an varghas.

Diwettha, yn hy skriflyver, Kerensa Karn a verkyas:

a)   Mestres Penntir?
      ny wra gwiska dillasow
      gwyrdh na melyn

b)   Sara Angov?
      pur yowynk, a Fowydh,
      gweres-skol, nowydh-
      devedhys
      kentrevoges Sessil Prowse

c)   Benyn an varghas?

Stall y'n varghas pub
seythun - kartennow,
pluvogow
le yowynk es Sara, yowynka
es Mestres Penntir
Gols du, dillas gwyrdh

Res o dhedhi kewsel orth an benynes ma skaffa gallo. Ny aswonni Kerensa saw unnsel Mestres Penntir a'n deyr. Yn oll hevelepter, nyns o Mestres Penntir an venyn neb a hwila - mes ny vern. Kerensa eth dh'y gweles.

Mestres Penntir o benyn a-dro dhe dheg warn ugens bloedh, tanow ha hir. Hy gols o liwys melyn ha'y enep veu liwys maga ta. Yth esa sigaretenn yntra hy diwweus pan igoras an daras.

"Kerensa Karn?" yn medh hi, ow hwithra an enep a-rygdhi, yn maner verrwelys.

"An keth," yn medh Kerensa. "A allav dos y'n chi ha kewsel orthis, pols?"

"Deus," yn medh Mestres Penntir, owth igeri ledanna an daras. I eth y'n esedhva, stevell ankempenn. "Esedh mar mynn'ta."

Kerensa a omsedhas war soffa kudhys gans blewennow kath. Heb gwibessa, hi a wovynnas orth an venyn mars esa hi yn ogas dhe'n pons ha'n dhewdhen owth omladh.

"Pons?" yn medh Mestres Penntir. "Pana bons? Ny aswonnav pons mann. Nyns esen ena, hemm yw sur."

"Ha Jago Hosket? A aswonnydh Jago yn ta?"

"Jago Hosket? Piw yw ev?"

"Ty a aswonn an teylu Hosket. Trigys yns ogas dhe'n porth koth. Pyskador o Jago."

"Jago... wel, martesen my a aswonn an teylu. Ny'n aswonnav yn ta."

"Hag Alan Plenkynn? A aswonnydh an den na?"

"Alan - heb mar, my a'n aswonn. Pyskador yw ev ynwedh - ha den da."

"Yth esa kedrynn ynter Alan ha Jago. A wodhesta pyth o an kudynn?"

"Na wonn. O Jago an den a goedhas war an hynshorn? Re glewis neppyth a henna. Nevra ny redyav paperyow nowodhow mes treweythyow my a woslow orth an radyo."

"Henna, yth o Jago, dhe wir."

"My a wel piw o, lemmyn: Den yowynk neb a oberi war gok tas Alan. Yw ev an huni ma?"

"Poran. Ha marow yw ev lemmyn."

"Soweth..."

"Ytho, nyns eus dhis travyth dhe leverel dhymm?"

"Travyth."

Gans henna, deu o aga heskows. Ha byttegyns, Kerensa eth dhe ves sur yn hy holonn bos Mestres Penntir ow kudha neppyth. Mes pyth a allsa henna bos?

Nessa, hi eth dhe weles Sara Angov. Gorfennys veu dydh an skol hag yth esa Sara yn hy annedhik ow pareusi kinyow - fav war grasenn hag aval. Leun a lyvrow o an stevell vyghan.

"Drog yw genev," yn medh Sara, owth assaya gwakhe kador. "Nyns eus meur a spas omma."

"Ny vern," yn medh Kerensa Karn owth esedha gans rach. "Diharesow rag dha drobla, Sara, saw martesen ty a yll ow gweres."

"My? Fatell?"

"A aswonnydh an pons dres an hynshorn? An huni usi omma yn ogas?"

"Aswonnav. Prag?"

"A wre'ta jy mos treweythyow y'n fordh na?"

"Gwrav. Mes nyns av nammenowgh."

"Esesta ow kerdhes ena dy Lun?"

"Dy Lun? Nag esen. Dhe by eur?"

"Dohajydh - ogas dhe hanter wosa teyr eur dell lever dha gentrevek," yn medh Kerensa.

"Ow hentrevek? Py kentrevek?"

"Esesta ow kerdhes y'n le na dhe'n eur na?"

"Nag esen. My a dheuth tre a'n skol pur dhiwedhes, an jydh na."

"Osta sur? Martesen re ankevsys ty dhe vos y'n fordh na?"

"My a dheuth tre war dhiwros, an jydh na - ny wrugavy kerdhes."

Kerensa a viras orti yn gluw. Py lies bloedh o Sara? Seytek, etek? Moy es henna martesen awos hi dhe oberi y'n skol, saw hi a's tevo semlans pur yowynk, hy gols hir hag hy enep efan. Nyns o hi pur deg mes tennvosek byttegyns hag yth esa sort a hus chast yn hy dewlagas las ha bras.

"Mars eus kov dhis a neppyth, pellgows orthiv mar pleg," yn medh Kerensa Karn wor'tiwedh kyns mos dhe ves, ow ri dhedhi onan a'y hartennigow.

Ha Kerensa owth entra y'n chi, y sonas an pellgowser. Lev Hwithrer Penntesek a dheuth er hy fynn der an tonnow ayr.

"Mestres Karn? Pur dha. Re redis an derivas. Res yw dhyn keskewsel arta dell grysav. Omma dhe'n gwithyatti dhe dheg eur, avorow."

"Pur dha, Hwithrer. My a vydh ena avorow. Mes pyth yw an kudynn -"

Saw nyns esa hi namoy ow kewsel orto awos ev dhe dreghi an linenn seulabrys.

"Arta!" a grias hi yn ughel, serrys. Hag y'n pols na, an pellgowser a dhassonas.

39

"Eus chons bos hemma an Hwithrer ow tihares?" a omwovynnas hi arta yn ughel. Nag esa, heb mar. Lev Rabmen a glewas Kerensa an weyth ma.

"Re dhiskudhis neppyth moy," yn medh ev yn kott.

"Deus omma ha dybri kinyow genev, ytho. Yma pysk fresk ha salad ha patatys yowynk."

"Bryntin! Ny allav skonya profyans a'n par na! My a dheu distowgh."

"Dro botellas gwin genes," yn medh Kerensa Karn yn uskis.

Pan dheuth Rabmen dhe ji Kerensa, parys o an patatys ha'n salad ha'n puskes esa y'n badell.

"Lommennas gwin?" a wovynnas Rabmen, yn unn denna an korkynn mes a'n botell. "Muscadet yw. Ty a gar hemma, a nyns yw gwir?"

"Yw. Gwedrennas a via gwell!"

Kyns pell, yth esens i a'ga esedh orth an voes ow tybri.

"Hwithrer Penntesek a vynn kewsel arta genev, dell lever. Pyth a wrug vy, an weyth ma?"

"Martesen ev a dhiskudhas dha vos an onan kablus!" yn medh Rabmen ow klashwerthin.

"Meurastajy! Ha pyth yw dha nowodhow, ytho?"

"Tas ha mab Plenkynn a dheuth tre, nans yw pols. Hag yth esa trynn vras y'ga chi pan dhehwelsons!"

"A-dro dhe byth?"

"Nyns ov sur poran. Neppyth a-dro dhe 'vowes' dell hevel."

"Mowes? Py mowes?"

"Ny wonn. Henn yw dhe leverel, ny wonn hwath - yth esov ow kortos kedhlow pella." Rabmen a vonkyas y droen gans bys.

"Aha! Kedhlow dhiworth dha 'droen'," yn medh Kerensa ow minhwerthin.

"Heb mar! Henn yw ow ober!"

"Pur dha. Ha my, res yth dhe weles diw venyn hedhyw - Mestres Penntir ha Sara Angov, hag yma onan moy dhe weles avorow."

"Piw yns i?"

"Mestres Penntir, ty a's aswonn - Gilles Penntir? Hy gour yw lewyer kertow."

"Aha! Gilles! My a's aswonn yn sur."

"Rabmen!! Pubonan a aswonn hy bri hi! A aswonnydh hy chi?"

"Aswonnav -"

"Rabmen!"

"Nyns yw an pyth a grysydh! Yth esa kevywi yn hy chi, nans yw blydhen po diw."

"Hmmm! Ha heb mar, nyns esa hy gour tre... Wel, ny vern - skant ny aswonni hi Jago Hosket dell lever. Ny wonn yw gwir."

"Ny grysav bos gwir. Jago esa ena ynwedh dhe'n kevywi."

"Ty a aswonni Jago Hosket?"

"Skantlowr."

"Ytho, ty a lever Gilles Penntir dhe aswonn Jago?"

"Lavarav. Mes henn o kyns demmedhyans Jago. Ny wonn a wrussons i omweles a-gynsow. Ha piw yw Sara Angov?"

"Mowes yowynk a Fowydh. Hy a dheuth omma rag gweres y'n skol, dell hevel. Nyns yw hi mowes pur deg mes hudel lowr, byttele."

"Pana semlans eus gensi?"

"Gols hir ha rudh ha dewlagas las. Ha berr yw ha moen."

"Ny welav piw yw - saw parys ov dh'y aswonn!"

"Rabmen! Ass os ploswas koth!! Re yowynk yw Sara ragos sy."

"Yw hi mowes dha? Hemm yw an govynn," yn medh Rabmen.

"Ny wonn. Mes yw hemma a vern? Demmedhys o Jago gans Annik ha pur lowen dell leverir."

"Yn sur - saw pyth a-dro dhe'n termyn kyns ev dhe dhemmedhi? Esa kudynn a neb sort y'n eur na? Ev o lowen. O y gyns-kares mar lowen?"

"Ny yll bos Sara, ytho, awos hy dhe dhos omma nans yw trymis hebken."

"A wrug ev mos dhe Fowydh?"

"Ny wonn. Ty a vynn leverel i dhe omaswonn yn Fowydh kyns? Possybyl yw... avorow y hwrav mos dhe weles an tressa mowes, an huni a ober y'n varghas."

"Nyns yw avorow dydh an varghas."

"Sur ov hi dhe vos dhe'n marghasow oll a-dro, ytho my a's kyv yn Truru. Avorow yw dydh an varghas yn Truru."

"Tybyans da - mar nyns esos yn bagh y'n gwithyatti y'n eur na!"

"Ro dhymm banna moy a'th win, ty bennsogh!"

"Gorfennys yw an botell! Piw a evas an gwin oll?"

"Ty - ha my!"

"Ny vern - res yw dhymm mos dhe'n ober lemmyn," yn medh Rabmen ow sevel.

Rann Peswar

Dhe dheg eur, ternos vyttin, yth esa Kerensa Karn a'y esedh y'n gwithyatti ow kortos Hwithrer Penntesek. Kosel o, dhe'n eur na. Nyns esa marnas gwithyas JoJo Kargeek ena y'n soedhva boblek. Oll a-dro dhodho, y kevys folennow pals a assaya JoJo dhe restra hag ev owth hunrosa a'y wreg nowydh Lusi. Ass o hi teg, nyhewer, yn hy dillas rudh nowydh a brensa rygdhi avel ro pennbloedh! A dermyn dhe dermyn, ev a leveris,

"Ev a wra dos, Vestres Karn," hag ev ow perthi kov a'n venyn a-ragdho esa ow talgamma orto. Kerensa Karn a brederi a'n pyth a ylli leverel dhe'n hwithrer yn mater an denladh. Fatell ylli hi y dhri dhe grysi bos henna denladh heb kavoes meur a brov, otta an kynsa kudynn!

Wosa hanter our, y teuth an hwithrer, ow fistena.

"Mestres Karn, durdadhehwi! Y'n fordh ma, mar pleg." Hag ev eth yn rag heb mires orti.

Kerensa a'n sywyas bys yn y soedhva. Nyns o bras hag yth esa pilyow a baperyow a bub tu. Hwithrer Penntesek a omsedhas, owth arwoedha dhedhi may hwrello an keth tra.

Ogas distowgh ev a dhallathas dybri paket a hwegennow menta.

"Ytho," yn medh ev, wor'tiwedh. "O hemma denladh po droglamm?"

"Denladh, heb dhout vyth. Kler yw nag o droglamm ha nag o omladhans!"

"Y'n kas na, piw yw agan kablus?"

"Ny wonn, Hwithrer Penntesek. Hwath ny wonn," a worthybis Kerensa Karn. "Eus tybyans dhywgh hwi?"

"O den po benyn, orth agas brys?"

"Nebonan krev, henn yw sur. Ytho, den yn oll hevelepter."

Ger mann ny leveris an hwithrer. Yth esa ev ow mires orth y bluvenn heb skrifa. An taw hir a veu terrys desempis gans an pellgowser.

"Penntesek omma ... A, JoJo, pyth yw lemmyn, was? Bysi ov ... Pyth? .... A ny yll'ta mos dhe wul neppyth dha honan po pysi orth Soedhek Trevor? ... Dar! Ergh karrtan ha my a dheu distowgh!"

Ow sevel, ev a viras orth y euryor.

"Kudynn, Hwithrer?" a wovynnas Kerensa Karn.

"Kudynn! Yma pupprys neb kudynn, 'Vestres Karn. Hemm yw bywnans hwithrer an kreslu! Res yw dhymm mos yn uskis - diharesow. Avorow dhe'n keth eur, mar pleg." Hag ev eth dhe ves heb gortos gorthyp.

Kerensa Karn a fistenas war y lergh. Y'n stret, yth esa glaw munys ow koedha lemmyn ha'n gwyns esa ow hwytha kreffa es kyns. Hi a boenyas dh'y harr hi ha lewya warlergh karr an kreslu. Yth ethons bys dhe'n porth koth ha hedhi a-dal chi kerens Jago Hosket. Yth esa karr arall an kreslu ena ha meur a dros y'n chi. Hwithrer Penntesek a lammas mes a'y garr ha poenya dhe'n dyji hag entra ow tegea an daras. Wosa pols, y teuth karr-klavji ha dew dannvedhek a fyskas ynwedh y'n dyji. Hanter our diwettha, Kerensa Karn a erviras mos dhe ves rag nyns esa travyth moy ow hwarvos ha tawesek o puptra. Hi eth distowgh dhe Druru dhe'n varghas rag hwilas an venyn arall.

Leun a stallow o Kay Lemon ha leun a dus keffrys, spit dhe'n glaw. Kerensa Karn a wrug tro a-dro heb gweles benyn vyth ow kwertha pluvogow ha kartennow. Res o dhedhi govynn orth tus an varghas mar aswonnens benyn a'n par na.

"Na aswonnav," yn medh den ow kwertha bara ha tesennow.

"Na aswonnav vy," yn medh den arall ow kwertha kig mogh ha selsik.

"Benyn a werth pluvogow?" a wovynnas benyn ow kwertha losow ha frutys.

"Pluvogow brosyes ha kartennow gwrys gensi hi," yn medh Kerensa Karn.

"My a aswonn an venyn na," yn medh benyn arall ow kwertha priweyth a lies liw. "Nyns usi hi omma hedhyw saw dell yw usys yma hy stall ena dhe du arall an kay."

"Meurastahwi. Ha py hanow yw hi?" a wovynnas Kerensa Karn arta.

"Hy hanow? Nyns ov sur. Medhelder? Maria? Neppyth a dhalleth gans M dell dybav."

"Ha pleth yw hi trigys?"

"Nyns yw trigys omma yn Truru. Neb le ogas dhe Hellys dell grysav. Ow myrgh a wra godhvos taklow a'n par na. Hi eth dhe'n arghantti mes ny wra strechya."

"Meurastahwi."

Kerensa Karn a omsedhas yn koffiji yn ogas rag gortos ha rag diank a'n glaw. A'n fenester yth esa gwel a'n avon dres dagrow an nev. Morlanow o hag y hwelys elergh ow neuvya yn lent yn mysk an skathigow. Kerensa a brenas skudell a gowl losow toemm dh'y hennertha. Wosa an kowl, hi a evas hanafas te ha dybri rannas 'quiche'. Ena, yth eth arta dhe stall an priweyth. An weyth ma, yth esa benyn yowynk ow kwertha an lestri ha'n platyow.

"An vowes a werth an pluvogow, my a's aswonn," yn medh an venyn yowynk. "Nyns usi hi omma hedhyw, ny wonn prag. Ha Merywenn yw hy hanow."

"Merywenn, yw hi trigys ogas dhe Hellys?"

"Gwig," yn medh an venyn. "Sur ov bos Gwig an le. Hi a gewsi orthiv a-dro dhe'n Reunva. Trigys yw neb le yn ogas dell hevel dhymm."

"Ha hy hanow teylu?" a wovynnas Kerensa Karn.

"Ny wonn. Ny'n aswonnav. Piw a vynn godhvos oll a hemma?"

"Askus vy - Kerensa Karn yw ow hanow hag yma edhomm dhymm kewsel orth Merywenn skaffa gylliv. Yth esa droglamm ha hi a dhug dustuni anodho dell hevel. Pana semlans eus gensi, mar pleg?

"Merywenn? Moen ha teg ha nyns yw hi pur hir. Rudhvelyn yw hy gols ha treghys berr."

"Rudhvelyn?"

An venyn yowynk a hokyas pols.

"Wel, yntredhon ni, my a grys bos hy gols liwys, saw nyns ov sur."

War fordh dhe Wig, Kerensa a hedhis rag pellgewsel orth Rabmen ha derivas dhodho an pyth re dhys'sa.

"Heb hanow teylu fatell allav kavoes hy chi?"

"Res yw dhis gortos. Yma an varghas yn Rysrudh avorow," yn medh Rabmen. "Martesen hi a vydh ena."

"Ny vynnav gortos!" a grias Kerensa, serrys.

48

Ha hi ow lewya a-dro dhe Wig, hi a welas an lytherva. 'Y'n gwella prys, yma hwath onan omma,' a brederis hi.

"Merywenn? Yw homma Mestresik Harvi? Trigys yw hi y'n Skol Goth eno," yn medh mestres an post.

Ha byttegyns, denvyth nyns esa a-ji dhe'n Skol Goth. Kerensa Karn a weskis yn euver pymp mynysenn orth an daras. Wor'tiwedh hi eth dhe weskel orth daras an chi nessa. Ena y kavas den koth heb blewenn vyth war y benn. Ev a igoras an daras ow pasa, pib yn y anow.

"Hwilas a wrav Mestresik Harvi, an venyn neb yw trigys y'n Skol Goth. A wodhowgh hwi le may ma hi hedhyw?"

"Harvi? Yw henna hy hanow? Ny's aswonnav. Nyns yw hi trigys omma termyn pell. Ny's gwelis trydydh lemmyn. Hi eth dhe ves martesen. Ha piw a vynn kewsel orti?"

"Kerensa Karn yw ow hanow. Mar pleg dhywgh, pellgowsowgh orthiv pan dhehwel hi tre. Ottomma niver ow fellgewsell." Kerensa a ros dhodho onan a'y hartennigow. An den koth a lagattas orth an kartennik kyns hy gorra yn y boket ha heb leverel ger moy, ev a dhegeas an daras.

Nans yw trydydh, dell leveris an den koth ha moel - o henna dydh an denladh, ytho? ... Ytho, pyth? Martesen, kemmyskys yw

Merywenn Harvi y'n kevrin, a brederis Kerensa Karn ha hi ow lewya tre. O hi moldrores? Ny grysi Kerensa bos henna gwir. Ytho, fatell ylli hi bos kelmys dhe'n kas? Ha pleth esa y'n eur ma? A wrug hi fia dhe'n fo? Mars o henna an kas, o hi kablus a neppyth? Po esa own dhedhi a neppyth? Po own dhedhi a nebonan? Piw a wra ri dhymm an gorthybow orth an govynnow ma?

Rann Pymp

An glaw re hedhsa hag yth esa dewynnow an howl ow tiank ynter an kommol a-ugh an porth pan viras Hwithrer Penntesek oll a-dro dhe'n stret ow hwilas gidyans dhe'n kevrin. Tremogh a leveris dhe Serjont Gover bos an lyther skrifys yn rann yn Spaynek, dell lavarsa benyn an lyverva, hag yth esa rann yn neb yeth eyndek a Amerika an Dyghow. Nyns o possybyl y dreylya dhe Gernewek, an rann na. Nyns esa denvyth ena abel dh'y wul. Martesen nebonan yn Loundres a allsa y wul, a brofyas an den.

Yth esa Hwither Penntesek a'y esedh lemmyn yn karrtan an kreslu wosa tremena dohajydh hir y'n chi Hosket ha ken leow. An keskows ynter an Hwithrer ha Kerensa Karn re bia terrys gans an galow a dheuth a-dro dhe'n gedrynn re dardhsa yn dyji kerens Jago Hosket. Wosa fistena dhi, y kavas an Hwithrer freudh bras owth ewyni y'n dyji. Mestres Hosket esa yn kornell an gegin ynn, ow kyni. Yth esa dewdhen yowynk ow hwilas lettya den koth, kollell vras yn y dhorn, rag shyndya den arall, du y wols ha barvek. Yth esa an peswar den ow karma yn ughel.

Hwithrer Penntesek a worhemmynas dhe bub huni tewel distowgh ha gans y withysi ev a dhibarthas an dus. An den barvek a veu gorrys y'n esedhva ha desedhys yn dann lagas Soedhek Trevor. An re erell, an hwithrer a erghis dhedha omsedha y'n gegin ha gorthybi orth y wovynnow poken y fia res mos desempis dhe'n gwithyatti.

Herwydh lavarow an dhewdhen yowynk, aga thas o an den koth, Jowann Hosket y hanow. Henn o dhe leverel, tas Jago. Ny leveris an den koth ger y'n eur ma marnas hanasa 'tebel losel' heb lett. Ynwedh herwydh an vebyon Hosket, an den barvek o aga broder da, Peder Paynter. Jowann Hosket a grysi bos Peder Paynter moldrer Jago.

"Yw henna gwir?" a wovynnas Hwithrer Penntesek orth Jowann Hosket.

"An tebel losel!" a armas Jowann, kogh y enep gans sorr bras. "Ev a ladhas ow mab. Ev a'n ladhas dell lavarav dhywgh! Sherewa yw yn mysk mil! Deun ganso!"

Gans henna, an tri den a dhallathas arta garma oll warbarth ha Mestres Hosket ow kyni ughella yn hy hornell.

"Taw!! Tewewgh taves, pubonan!" a grias Hwithrer Penntesek arta. Saw nyns esa denvyth ow koslowes orto ha'n habadoellya eth ha bos folla. War unn lamm, Jowann Hosket a gibyas arta an gollell a'n voes may koedhsa kyns hag ev a boenyas yn mes a'n gegin, yn unn gria "Drova dhymmo!". Oll an re erell a boenyas war y lergh saw kepar ha lughesenn o an den koth hag yth esa ev y'n esedhva ow settya war y dheuv kyns i dh'y lettya rag y wul. Yth esa garm ughel ha skrij euthyk. Pan dheuth an re erell y'n esedhva warlergh Jowann, y kavsons ha Peder Paynter ha'n gwithyas kres, Soedhek Trevor, a'ga growedh war leur, shyndys gans an kollell. Yth esa Jowann ow pareusi gorfenna y ober.

Yn uskis y korrys an dhewdhen shyndys dhe'n klavji ha gansa Hwithrer Penntesek. An soedhogyon erell a worras Jowann Hosket dhe'n baghow. Y'n gwella prys, nyns o Soedhek Trevor shyndys yn farwel mes yth esa Peder Paynter ogas dhe'n mernans. Wosa skrifa y notennow y'n klavji, Hwithrer Penntesek eth arta dhe'n gwithyatti rag kewsel orth Jowann ha kemmeres derivas dhiworto.

Pan worfennsa Hwithrer Penntesek oll a henna, pymp eur o hag yth esa nown bras dhodho keffrys ha drog-penngasenn. Drefenn ev dhe wodhevel pupprys a dhrog-penngasenn, parys o, saghik leun a hwegennow menta yn y boket. Hag avorow res yw dhymm kewsel arta orth an venyn Karn, a brederis yn truan. Ev a lewyas y garr bys dhe'n diwotti "An Jowl Rudh" rag prena plat a gig mogh ha gans henna baramanenn nag o namoy pur fresk ha rag eva gwedrennas dowr soda. Nena, a'y esedh yn kornell, ev a brederis a-dro dhe'n kas hag ev ow knias. Y brys truedhek gorfennys, ev a bellgewsis orth y wreg ha gasa messaj y'n worthybell: 'My a vydh tre diwedhes haneth, herwydh usadow, ytho na wra pareusi boes ragov.' Avel pan wrella hi henna, lemmyn, a brederis Penntesek yn trenk.

Wosa henna, ev eth arta dhe'n gwithyatti rag settya orth y baperweyth. War y dhesk, yth esa pupprys kals paperweyth orth y wortos. Kyns ev dhe dhalleth, byttegyns, y'n jeva galow pellgowser:

"Penntesek," yn medh an hwithrer.

"Jenkyn omma. Fatell yw gans an taklow ena? Eus neppyth nowydh?"

"Durdadhehwi, Syrra," yn medh Hwithrer Penntesek yn skon. Pennhwithrer Jenkyn o y vester, ha soedhva vras a'n jevo yn Pennplas Kreslu Kernow yn Truru. Kembro o Pennhwithrer Jenkyn, den kolonnek ha jolif, tamm berrik, mes fest gluw y vrys. Hwithrer Penntesek a dherivas orto an pyth re hwarvia yn chi an teylu Hosket an myttin na.

"Na lavar re dhe'n Wask," a warnyas Pennhwithrer Jenkyn, "Y fydh keswel gansa haneth. A vynn'ta y wul?"

"Na vynnav, Syrra, heb wow," a worthybis Penntesek. Nyns o ev arethor da. "Saw parys ov dhe'y wul, yn sertan, mars eus edhomm a henna," a geworras yn uskis.

"Nyns eus edhomm. My a'n gwra ow honan," a wodorras an Pennhwithrer. "Ro dhymm oll an manylyon kyns seyth eur, Penntesek - dannvon dhymm derivas der ebost mar pleg."

"A-dhistowgh, Syrra," yn medh Penntesek ha hanasa ow mires orth an klokk.

Wosa pareusi an derivas, Hwithrer Penntesek a armas orth JoJo Kargeek dh'y dhannvon der ebost dhe'n Pennhwithrer. Pymp mynysenn dhe seyth eur o ha nyns esa termyn dh'y gelli. Wosa gul an ober na, JoJo eth tre dh'y bries nowydh dhe dhiskudha an pyth a bareusas hi rag aga hinyow. Nyns o pupprys sewena vras, an boes a gegina Lusi Kargeek, mes hy gour a'n dybri awos kerensa!

Yn le JoJo, y teuth Soedhek Hedra Lynn neb a oberi nosweyth, an mis na. Benyn yowynk ha teg o Hedra, nowydh devedhys a Borthpyran ha kyns henna, a gollji an Kreslu. Leun a derder o hi ha poellek maga ta. Hwithrer Penntesek eth dhe omsedha rybdhi y'n soedhva boblek rag keschanjya tybyansow a-dro dhe'n kas.

"Pyth a leveris Jowann Hosket, ytho, Syrra?" a wovynnas Hedra orto. "A wrug ev styrya y fara dhywgh?"

"Na wrug," a worthybis an hwithrer, tamm serrys. "Ny vynna leverel ger vyth!"

"Martesen gwir yw, Syrra.   Martesen y hallsa bos Mester Paynter neb yw kablus a'n denladh."

"Martesen - mars o denladh.   Mes yma edhomm dhyn a brov. Ha pyth a via an skila?"

"An arghans? Nyns esa arghans dhodho rag attyli an koelans, dell borthav kov. Martesen Mester Paynter a'n jeves lies kendon."

"Pur dha, Lynn!   Gwra hwithra an manylyon yn y akont arghantti - ty a allsa pellgewsel orth Mestres Paynter rag kavoes niver an akont hag erell."

"Desempis, Syrra.   My a wra kavoes kedhlow der an kesroesweyth, ynwedh, mar kallav gul devnydh a'gas jynn-amontya. An huni omma, koth yw ha ny ober yn ta."

"Yn sur, Lynn. Dalleth skaffa gylli ha my ow pellgewsel orth an klavji."

Nyns o Peder Paynter gwell lowr hwath rag kewsel orth an kreslu. Mes Hedra a gavas yn neb maner an manylyon a'y akont arghantti. Meur dhe les yth ens, an manylyon.   Ena, Hwithrer Penntesek eth dhe gewsel orth gwreg Peder, hwoer Jago Hosket. Yth esa hi yn hy hegin ow tybri kinyow, hy feswar flogh yn hy hyrghynn.

"Nyns esowgh y'n klavji ryb agas gour, Vestres Paynter?" yn medh an hwithrer.

"Fatell allav gortos ena ha my gans peswar flogh dhe witha? Res yw dhedha mos dhe'n skol avorow ha nown a's teves lemmyn."

"Vestres Paynter, prag y hwrug agas broder, Jago, koela arghans orth agas gour?"

"Koela arghans orth Peder? Jago? Ny wonn travyth a henna."

"O an arghans rag prena an karr nowydh?"

"An karr nowydh? Py flows yw henna? Ow syrra da a brenas an karr nowydh ragon. Ni a gollas agan karr koth yn droglamm, nans yw pols. Ny yllyn ni prena karr nowydh gans an myns byghan a arghans a ros dhyn an surheans. Ytho, ow syrra da a ros dhyn an myns a fyllis rag prena onan."

"Ytho, prag y fynna Peder kemmeres koelans dhiworth Jago?"

"Ny wonn vyth. Res yw dhywgh govynn orth Peder y honan."

"A grysowgh hwi bos agas gour an huni neb a ladhas agas broder?"

"Peder? An huni neb a ladhas Jago? Ny yll bos henna gwir! Piw a lever henna?"

"Agas tas, Vestres Paynter. Henn yw an pyth a leveris agas tas."

"Tasik? Muskok yw ev!"

"Eus kendon arall dh'agas gour, Vestres Paynter?"

"Kendon? Ny'gan beus kendon mann. Flows yw henna ynwedh. An arghans dhiworth ow syrra da, nyns o henna kendon saw ro."

"Ha'gas gour, yw ev lel dhywgh?"

"Yn sur, Hwithrer! Pana wovynn! Res yw dhymm gorra an fleghes y'n gweli lemmyn. 'Duwrnostadha!"

Wosa kewsel orth Mestres Paynter, yth eth Hwithrer Penntesek dhe'n diwotti yn ogas ha govynn orth an ost ha'n dus owth eva ena mar pe kares vyth oll dhe Beder Paynter. Saw denvyth ny wodhya po ny vynna leverel.

"Bythkweth ny welis vy Peder gans benyn arall," yn medh an ost, wor'tiwedh.

Devedhys arta dhe'n gwithyatti, hag ev ow keskewsel gans Hedra Lynn, an hwithrer a wovynnas,

"Ytho, nyns esa kendonow dhodho herwydh y wreg ha nyns esa kares dhodho herwydh ost an diwotti. Pyth o y gudynn? Pyth a wrug gans an arghans na?"

"Ny grysav vy an pyth a lever y wreg," yn medh Hedra. "Yth esa neppyth koynt gans y akont arghantti. My a vynn mos avorow dhe weles dyghtyer an arghantti - po a vynnowgh hwi dha honan, Syrra, mos dh'y weles?"

"Na vynnav, Lynn. Gwell via genev may hwrelles jy an ober na - ternos vyttin kyns mos dhe dre."

"Meurastahwi, Syrra."

Pan dheuth Hwithrer Penntesek tre, an nos na, yth esa y wreg Penkasta y'n gweli seulabrys. Ev eth dhe'n gegin ha toemmhe y'n gorrdonnell sand-rewys dhiworth an rewell, kosella galla. Wosa dybri hemma hag eva hanafas te-menta, ev a yskynnas an grisyow war vleynyow y dreys rag mos dh'y weli ev. Soweth, nyns esa Penkasta ow koska, byttegyns.

"Berrdrumm!" a grias Penkasta orto. "Deus omma. Res yw dhyn keskewsel a-dro dhe Sebastyan."

Sebastyan o mab Penkasta gans hy hynsa gour. Aval-kerensa hy holonn o, ynwedh. Pymp warn ugens bloedh o Sebastyan lemmyn ha hwath trigys y'ga chi. Henn o dhe leverel, hwath trigys yn chi y vamm drefenn bos Mestres Penntesek perghennores an chi. Nans o deg blydhen, Hwithrer Penntesek (nyns o ev hwithrer, y'n dydhyow na, mes serjont hebken) a veu gelwys rag hwithra kas a vaw yowynk re wrussa fia dhe'n fo dhiworth chi y vamm. An maw na o Sebastyan. Y das re varwsa dew vis kyns henna ha'n maw o leun a reudh. Gyllys veu ev a'y ji seythun - seythun hir rag y vamm druan. An arsywyans, an wedhwes a dhemmedhis gans an hwithrer (henn o dhe leverel, an serjont) hwegh mis wosa an maw dhe dhehweles dhedhi, saw ha salow. Rag

Hwithrer Penntesek, henna a veu y gynsa demmedhyans ha lowen ens i, an dhewbries, wostalleth.

Saw eth bloedh kottha es hy gour nowydh o Penkasta ha rycha maga ta. Yth esa pupprys kudynn gans Sebastyan keffrys na gara y altrow. Nyns o henna marth drefenn na gara Sebastyan denvyth - marnas y vamm, heb mar. Y'n gwella prys, yth esa tri chambour yn chi an teylu Penntesek - onan dhe bubonan. An huni byghanna o chambour an hwithrer.

"Diwedhes yw, ow melder," yn medh Hwithrer Penntesek dh'y wreg. "Gwell via martesen keskewsel avorow."

"Desempis, Berrdrumm. Res yw dhyn keskewsel desempis."

"Pyth yw an kudynn, ow melder?" a wovynnas an hwithrer, owth entra yn chambour y wreg.

An chambour brassa o hemma, payntys y'n liw a ros hag y'n liw a geres. Tew ha medhel o an leurlenn. Nyns o an hwithrer attes vyth oll y'n chambour benow ma. A'y esedh yn hy gweli yth esa Penkasta, gwiskys yn pows-nos hir ha gwynn. Rudhloes o hy gols ha krebogh hy enep. Diwweder a's tevo rag redya, diwweder bras ha poes. Nyns o hi benyn deg y'n eur ma. Martesen bythkweth nyns o hi benyn deg. Gans henna, ha hi namoy bleujennik yr, oll hy hus a veu gyllys dhe goll.

"Sebastyan a'n jeves edhomm dhe garr nowydh, Berrdrumm. My a wra ri an arghans dhodho mes y fia da ty dhe brofya ranna an kost."

"Pyth yw an kost, ytho?"

"Ugens mil peuns - Aston Martin yw."

"Aston Martin! Osta pennpyst? Preder a gost an surheans!"

"Ni a wra ranna hemma ynwedh, Berrdrumm," yn medh Penkasta orth hy gour.

"Na wrav, ny wrav vy gul henna!" a grias ev. "Res yw dhodho dyski bywa orth y bygans y honan!"

"Kraf osta, Berrdrumm! Ny garav vy henna. Benyn hel ov ha gans ow mab ha genes sy. Na vydh pith! Mar ny vynn'ta ri arghans dhe Sebastyan, ty a yll pe agan reknow-chi - an gass, an golow, an dowr hag erell."

"Penkasta, ow melder, na vydh gokki. Pymp warn ugens bloedh yw Sebastyan lemmyn. Gwell via mar kaffo ober a neb sort yn le gwibessa gans an gowetha a'n jeves yn Truru. I a dremen oll an nos yn klubow ha koska oll an jydh."

"Flows, Berrdrumm! Mab da yw Sebastyan dell wodhes. Den yowynk yw, henn yw oll.   My a wra restra an taklow gans an arghantti avorow. Nos dha!'

Penkasta a dhifeudhas an golow. Berrdrumm Penntesek eth dhe gavoes y jambour ev heb leverel ger.   Ev a aswonni y wreg.   Ny amontya dadhla moy a-dro dhe'n mater hag ev a'n jevo edhomm bras koska.

Ny goskas Hwithrer Penntesek yn ta byttegyns.   Pub dew our ev a dhifunas, prederow an kas ow troyllya yn y vrys. Ternos, yn y soedhva, ev a gavas messaj dhiworth Hedra Lynn:

'Gyllys dhe gewsel orth dyghtyer an
arghantti. Teyrgweyth, nans yw blydhen
po le, Peder Paynter a gemmeras pymp
mil peuns dhiworth nebonan - ny wonn
hwath piw.'

Ev a bellgewsis orth an klavji - nowodhow drog - nyns o Peder Paynter gwell mes gweth.   An nessa nowodhow o tamm gwell mes nameur.   Ny ylli Mestres Karn dos dh'y weles dell veu restrys awos droglamm-karrtan.

Rann Hwegh

Yn hy esedhva yth esa Kerensa Karn a'y growedh war soffa bras ha glas. Nyns o hy cher da kammenn vyth ha Rabmen re dhothya dhe bareusi li rag an dhew anedha.

"Ny allav dybri meur," a hanasas Kerensa Karn yn ydhil dh'y howeth. "Banna iskell martesen."

"Flows," yn medh Rabmen, kolonnek. "Yth esov ow pareusi omlet gans keus Emmenthal ha spinach. Yma bara byghan fresk gans henna hag a-wosa ni a wra dybri dyenn leskys hag avan yr."

"O! Ny wonn," a hanasas Kerensa arta, gwann hy lev. "Ple kevsysta avan y'n seson ma?"

Rag gorthyp, Rabmen a vinhwarthas yn rinek ha hi a dhybris, byttegyns, oll an boes a worras ev a-rygdhi.

"Pur dha," yn medh Rabmen wosa i dhe worfenna aga li. "Tamm gwell os lemmyn, dell welav - yma liw yn dha dhiwvogh. Ytho, pyth poran a hwarva dhis?"

"A, Rabmen, euthyk o!" Ha hi a dherivas orto hwedhel an droglamm.

Wosa dos tre nyhewer, Kerensa re gavsa messaj yn hy gorthybell dhiworth Merywenn Harvi ow pysi Kerensa Karn a dhos dh'y gweles yn diwotti "Neyth an Nadres" hag esa ogas dhe'n jynnji war an alsyow, nebes mildiryow alena. Nyns o pell saw nyns esa golow mann y'n fordh na ha gans an niwllaw, ny weli Kerensa ogas ha travyth a-der-dro. Hi e yn lent hag ow trehedhes ena wosa an eur dhewisys gans Merywenn, hi a gavas an tyller deges.

Ytho, hi a dreylyas an karrtan rag mos tre. Ogas distowgh, yn hy mirour, hi a weli karr war hy lergh. Kul o an fordh ha nyns esa spas may tremenna an karr dresti. Wosa lewya deg mynysenn yndella, y teuthons dhe le mayth o an fordh efanna ha distowgh an karr bras orth hy sywya a uskishas. Toeth men, ev a dremenas dresti - saw nyns esa poran dresti - ow tremena ev a skwatyas hy askell a-rag, ow herdhya hy harrtan bys y'n ke. Kerensa Karn a hedhis, a-dhesempis, kryghyllys, ow krysya gans euth ha dout. Hi a viras orth golowys-delergh an karr bras hag ev ow mos mes a wel hag omwovynn mar peu henna dre wall po dre dowl. Hi a dhiyskynnas a'y harr rag anella banna ayr. Re yeyn ha glyb o, byttegyns, rag gortos ena termyn pell. Ytho Kerensa a assayas daskweytha an jynn. Y'n gwella prys, an jynn a weythas ha hi eth tre, ow lewya hwath lenta ages kyns.

Yn dann an golow a-rag hy chi, hi a welas myns an damaj. Nyns o gwel deg! Res o dhedhi eva diw wedrennas dowr toemm Frynk kyns seweni koska dres an nos.

"A welsysta py liw o an karr?" a wovynnas Rabmen.

"Na welis.   Tewal avel to-pyg o.   Ny welen vy tra."

"Ytho ny welsys niver an karr?"

"Na welis! Ha ny wonn yth o an lewyer den po benyn, ytho na wra govynn henna orthiv!"

"Da lowr.   Da lowr.   My a vynn dha weres, henn yw oll. Y fydh edhomm dhis gul derivas ynwedh rag an hwithrer na."

"Re Varia! Y tegoedhvia dhymm bos yn y soedhva hedhyw vyttin dhe dheg eur!   Re'n ankevis.   Ro dhymm an pellgowser, mar pleg, Rabmen."

"Nyns eus edhomm pellgewsel orth an kreslu. My a'n gwrug, a-varra, a-barth dhis."

"A, Rabmen, ass osta hweg treweythyow! Ha ty a bareusas li ragov ynwedh. Meurastajy."

Enep bras Rabmen a wolowas a lowena. Poran kepar ha lew o Rabmen, abransek, y wols krullys ha liw a wossen, ha'y dhewlagas ell ow terlentri.   Down yn y vryansenn, y hwarthas,

"Ragos, Kerensa, puptra!"

Hi a vinhwarthas yn kuv orto.   Re omaswonnsens dew ugens blydhen a-dhia an skol gynsa.   Ny omwelens dres lies blydhen pan o Kerensa Karn demmedhys ha trigys yn Loundres hag yn Paris. Yn fenowgh hi a dho tre dhe Gernow gans hy gour ha warbarth i a brenas an chi ena wosa hwilas termyn hir. Mes nyns o Rabmen trigys y'n dre y'n dydhyow na drefenn ev dhe oberi rag paper-nowodhow yn Truru y'n kynsa le hag ena yn Karesk ha wosa henna yn Evrek.

Wosa mernans hy gour, byttele, Kerensa Karn a dheuth tre rag triga y'n chi yn Kernow - nans o deg blydhen. Diw vlydhen a-wosa, y kavas Rabmen ober y'ga thre ha dehweles ev ynwedh. Ottensi lemmyn, kowetha; hag yth esa puprys govenek byghan dhe Rabmen bos henna an dalleth a neppyth moy. Rag Kerensa, byttegyns, nyns o mar es. Yth esa hi hwath ow kalari hy gour meurgerys.

Mester Ardhel Karn re bia den moen, du y wols ha glas y dhewlagas. Ev a'n jevo diwla deg. Ilewydh ova - horner Jazz (hemm o dhe leverel, hwythor a saxofon). Teg o y enep keffrys, teg ha fin ha pur sewen o avel ilewydh, geryes da y'n bys Jazz. Y'n gwettha prys, gwannegredh a'n jevo yn y avi a dheuth ha bos kanker fell. Ev a verwis a-ji dhe drymis. Nyns o ev marnas dew ha dew ugens bloedh. Ass o koll meur a dhen roasek.

"My a wra dha worra dhe'n gwithyatti, Kerensa. Res yw dhis gul derivas dhe'n kreslu a-dro dhe'n droglamm," yn medh Rabmen, wor'tiwedh.

"Omdroghya a vynnav, kyns mos dhi," yn medh Kerensa Karn. "A yll'ta gortos tamm pella?"

Rabmen a viras orth y euryer. Ogas dhe dhiw eur o lemmyn.

"Fisten, ytho! Yma ober dhymm dhe wul dhe hanter wosa teyr. Ha ty owth omdroghya, martesen y hwrav golghi an lestri."

Dhe deyr eur poran, yth esens yn soedhva Hwithrer Penntesek neb re dhehwelsa nammnygen dhe'n gwithyatti wosa myttin bysi.

"Ytho, Vestres Karn," a hanasas an hwithrer, skwith ha tennys. "Hwi a lever bos an karrtan a'gas frappyas onan bras mes ny wodhowgh mann py sort a garr o na py liw na mars o an lewyer den po benyn..."

"Henn yw gwir, Hwithrer. Ny welyn tra awos bos nos lyb. Nyns eus golowys ena y'n bownderyow. Nyns yw kepar ha'n dre! Ha nyns esa loer na ster - yth esa niwllaw, nyhewer, mars eus kov dhywgh a'n gewer."

"Ewn, ewn. Wel, droglamm sempel o martesen. Saw martesen yth esa neppyth moy ynno - entent spitus, rag ensampel."

"My a grys bos henna gwarnyans," yn medh Rabmen, prederys.

"Tybyans dhe les," yn medh an hwithrer.

"Ple ma Merywenn Harvi?" a wovynnas Kerensa. "Henn yw an govynn, orth ow brys."

"Henna a allsa bos an govynn yn tevri," yn medh an hwithrer. "Martesen antell veu." Ow kemmeres an pellgowser, ev a grias orth JoJo Kargeek neb esa arta y'n soedhva boblek:

"JoJo, dhe by eur y hwra degea an diwotti war an alsyow ena, pyth yw y hanow?"

"Neyth an Nadres," a hwystras Kerensa Karn.

"Neyth an Nadres - an diwotti yn ogas dhe'n jynnji," yn medh an hwithrer. "... Dar! ... nyhewer...? A, meurastajy, JoJo." Ev a viras orta. "Nyns o an diwotti igor nyhewer drefenn y vos deges, kowal deges! Ymons orth y wertha!"

"Dar!" a grias Kerensa Karn. "Ny wodhyen henna!"

"Ny wodhyen vy henna!" Yth esa marth bras war enep Rabmen.

"Gwarnyans veu, yn tevri, ytho, Rabmen," yn medh Kerensa. "Mes a biw? Merywenn Harvi? Yw hi an gablus? Yw hi moldrores?"

"Nyns o benyn saw den a welas an den koth - den owth omladh gans Jago Hosket. Ytho, nyns o moldrores mes moldrer," yn medh an hwithrer.

"Orth ow brys, Merywenn yw an vowes gwelys gans an den koth y'n koes," yn medh Rabmen.

"Leveryn bos henna an kas: ny vynn hi kewsel orthowgh, Vestres Karn. Yma hi ow kudha neppyth, henn yw kler."

"Po ken den ny vynn may kewssa hi orthiv. Usi Merywenn yn peryll, Hwithrer? Res yw dhyn gul neppyth yn skon!"

Pan dheuth Kerensa Karn arta dhe dre, hi a gavas messaj arall yn hy gorthybell:

'Ottomma Merywenn Harvi. Hwi a vynn kewsel orthiv. Ow niver yw 079693 ...'

O hemma antell ytho po messaj glan? Kerensa a assayas an niver. Wosa pols, y klewis lev anaswonnys ow leverel:

"Hou!"

"Merywenn? Merywenn Harvi? Otta Kerensa Karn. A yll'ta kewsel orthiv y'n eur ma?"

Yth esa taw bras ha wosa henna, an lev a leveris,

"Gallav."

"Pleth esosta?"

"Ny allav leverel dhis."

"Da lowr. A aswonnydh den henwys Jago Hosket?"

"Aswonnav."

"A wodhesta bos Jago marow?"

"Marow? Ny wodhyen henna."

"A wodhes Jago dhe goedha a'n pons dres an hynshorn?"

"Na wodhyen."

"A nyns eses yn ogas y'n koes, an gorthugher na?"

"My? Y'n koes? Nag esen. Py gorthugher?"

"Eus dillas gwyrdh po melyn dhis?"

"Pyth? Yma dillas gwyr ha dillas melyn dhymm. Prag?"

"Meurastajy. A yllyn ni omvetya neb tu?"

"Na yllyn. Ny'th aswonnav ha ny wonn tra."

"Mes yma edhomm dhymm lemmyn a dherivadow dhiworthis."

"Gwell via ty dhe ankevi oll an hwedhel ma. Nyns eus travyth dhe wul. Gesewgh e dhe goedha..."

Treghys veu an linenn, a-dhesempis. Kerensa a assayas pellgewsel arta orth an niver. Nyns esa marnas an worthybell:

"Welcome to the Orange Answerphone". Hi a bellgewsis yn uskis orth an hwithrer rag derivas orto an keskows gans Merywenn Harvi saw gallas ev arta, seulabrys.

Ny's teva termyn dhe brederi meur a'n keskows drefenn bos res dhedhi kewsel orth hy howethas surheans a'n karr. Y leverys bos edhomm dhedhi kavoes towl-gost rag ewnhe an karr ha nena dhe'n karrji dannvon an towl-gost dhedha der ebost skaffa galla.

Rann Seyth

Yth esa karrji byghan dhe du arall a'n dre ha'n perghennek anodho o koweth Rabmen. Ytho, ternos vyttin a-varr, yth eth Kerensa dhi rag diskwedhes damaj dh'y harr truan dhe Wella Raw, perghennek an karrji. Hir ha krev o Wella Raw ha'y arbennikter o ewnheans korf-kerri. Ev a viras pols orth damaj dhe garr Kerensa ha leverel,

"Dew ha hanter, 'Vestres Karn."

"Deg peuns ha dew-ugens ha dew kans?"

"Pymp kans peuns ha dew vil."

"Dar! Re ger yw henna! Y tal bos gwrys, byttegyns, ha'n kowethas surheans a wra tyli an reken, ytho ..."

"Ny wra an kowethas surheans tyli an reken, yn oll hevelepter, 'Vestres Karn. I a wra leverel an keth tra - re ger yw. I a wra profya dhis an pyth a dal an karr, henn yw oll."

"An pyth a dal an karr? Pygemmys a dal, ytho?"

"Nyns ov sur. Nyns yw karr nowydh."

"Deg bloedh lemmyn.

"Deg bloedh! Ytho, leveryn bos talvosogeth an karr pymp kans peuns. I a wra ri dhis pymp kans peuns ha kemmeres an karr rag atal."

"Dar! Nyns yw gwir! Atal? Ow harrik hweg! Ny yllons y wul! Py par towl yw henna?"

"Genen ni y'n negys, an towl na yw henwys 'attal rag atal'."

"Attal rag atal! Kammhynseth yw ha meth maga ta!"

"Hemm yw an bywnans, hedhyw, 'Vestres Karn. Puptra rag budh! Ha piw a woer, martesen ty a vydh feusik hag i a wra gasa kummyas dhyn mayth ewnhyn an karr."

"Gwra an pyth yw res y wul, ytho, Wella. Ty a wra dannvon an ebost skaffa gylli, dell fydhyav."

"Heb mar, 'Vestres Karn."

"Yn kettermyn, my a yll lewya an karrtan, y'n gwella prys. Hi a weyth yn ta dhe'n lyha."

"Lewya an karr? Nyns yw henna tybyans da."

"Nyns eus kudynn vyth dhodho! Ha poken fatell allav mos tre? Nyns eus kyttrin alemma dhe'm chi vy."

"Wel, ty a yll lewya an karr mar mynn'ta y wul - mes erbynn ow husul!"

"Ny vern. A! Kyns my dh'y ankevi - eus ol a gen paynt war askell ow harr?"

"Ol a gen paynt? Py par paynt?"

"Paynt a'n karr a wrug an damaj."

Wella Raw a hwithras gans rach askell karr Kerensa.

"Ottomma skansenn a neppyth," yn medh ev, wor'tiwedh.

"Py liw yw?" a wovynnas Kerensa Karn.

"Nyns yw es gweles an liw. Du? Po glas-morlu? Yn hwir, glas-morlu yw, dell welav lemmyn."

"Glas-morlu? Y'n gwella prys, nyns yw liw pur gemmyn, y'n dydhyow ma. Ass ov lowen nag yw y liw arghansek kepar ha brassa rann an kerritan hedhyw! Wel, hemm yw neppyth moy dhe leverel dhe'n hwithrer. Meurastajy, Wella."

Tawesek o Wella, pols, gyllys yn prederow.

"Re welis a-gynsow karr, glas-morlu y liw, ha krevys maga ta," yn medh ev wor'tiwedh. "Karr fest splann ha nowydh - Mercedes Klass C Elegance o. An merkyow war an askell, my a's merkyas a-dhistowgh spit dhe'n paynt nowydh gorrys. Gorrys yn skon dell heveli."

"Ha ple hwelsys an karr na?"

"Yn Stret an Chapel - dhe benn an stret, y'n gwiryonedh, ogas dhe'n chapel."

"Ogas dhe'n chapel - koynt... Wel, meurastajy arta, Wella. Res yw dhymm mos lemmyn. Na ankov an ebost, mar pleg."

"Yn sur, 'Vestres Karn."

Hi eth dhe ves hwath ow lewya hy harr bryw mes lel. Hi a dremenas a-rag dhe'n klavji ha treylya ena a-barth kledh rag mos ryb an Skol Nessa hag entra yn Stret an Chapel. Nyns esa an chapel yn kres an dre mes orth an amal kledh ha denvyth ny wodhya an skila rag henna.

Stret an Chapel o stret hir hag ynn hag yth esa an chapel dhe benn pella dhiworth kres an dre. Chapel Wesley o, drehevyans bras ha sempel a vrykkys rudhloes. Dhe'n eur na, nyns esa lies karr y'n stret. Kerensa a weli dew Ford Fiesta, an eyl rudh, y gila arghansek. Yth esa ynwedh kertik gwynn, 4x4 du, Vauxhall Corsa du, Renault bras arghansek ha dhe benn an stret, Mercedes glas-morlu ow terlentri. O henna an keth Mercedes Klass-neppyth a welas Wella Raw? Yn uskis, hi a skrifas niver an Mercedes ha'n tyller mayth esa. Hag ena, a-dhesempis, hi a welas an merkyow war an askell - yn ydhil. Y tal dhymm avowa, a brederi Kerensa, na wrussen vy gweles bythkweth an merkow heb kewsel kyns orth Wella Raw. Ha piw a allsa bos perghenn an Mercedes?

An Mercedes re bia parkyes a-rag dew ji bras lowr - gevelljiow yn tevri, drehevys martesen a-dro dhe 1900. Payntys veu an dhew ji y'n keth vaner, gwynn yn tien, ha'ga to gwrys a brileghennow rudh. A-rag pub chi yth esa lowarth byghan ha gradhow dhe'n daras efan ha gwynn. Yth esa kath vyghan a'y esedh war radhow an kynsa chi.   An nessa chi, yth esa dhe wertha.

Kerensa Karn a vynna mos dhe frappya orth daras an kynsa chi ha govynn orta a-dro dhe'n karr.   Mes neppyth, darwarnyans a neb sort martesen, a's lettyas rag y wul. Wor'tiwedh, hi a dreylyas ha mos distowgh dhe'n gwithyatti.   Hi a skrifas derivas nowydh rag an hwithrer nag esa ena unnweyth arta.

Alemma Kerensa eth dhe dhybri li yn boesti byghan y'n dre.   Nyns o an boesti pell a'n lyverva mayth eth hi a-wosa.   Hi a vynna mires orth rolyow an dhewisysi, saw, y'n gwettha prys, yth o res mires orth an rolyow war jynn-amontya ha nyns esa gensi hy diwweder-redya.   Ny weli hi banna!

Kerensa Karn eth dhe ves y'n stret ha dalleth kerdhes wor'tu ha'n porth-pyskessa. Re avonsys veu an eur lemmyn rag kavoes stallow-puskes igor mes hi a gara gweles an dus ow mos hag ow tos.   Yth esa fler a woemmon y'n ayr awos gwyns krev esa ow hwytha dhiworth an mor.   Ha hi ow tremena Bownder Hoelan Koth, hi a welas an porth a-woeles ha'n skathow ha'n kokow a-dro dhe'n kayow.

"Kerensa Karn!" a grias nebonan a-dhesempis.   Hy howethes Kaja o, kanstellow ha saghow gensi hag ynwedh hy hi lel. Kerensa a glappyas pols gans Kaja.   Ena y

75

teuth nes dhedha benyn danow ha loes hy
gols.

"Mestres Plenkynn!" a grias Kaja. "Nans
yw polta ny'gas gwelis!"

"O, durdadhehwi! Re beu gyllys yn klav,
y'n gwiryonedh," yn medh an venyn heb
minhwarth.

"A, soweth! Ha Mester Plenkynn ha'gas
mab? Fatla gansa?" a wovynnas Kaja.

"Da lowr. Yth esa kudynn gans an kok -
ewnhes yw lemmyn, byttegyns."

"Ny welis vy agas mab nans yw termyn
hir," a besyas Kaja. "A ober hwath gans y das?"

"Yn sur, yn sur. I a dheuth tre degynsete
wosa pyskessa. Pur vysi yns i, henn yw oll."

"A ny welis vy agas gour nans yw
seythun po le ow lewya dhe Druru?"

"Ow lewya dhe Druru? Na welsys, ny
welsys ow gour vy. Yth esa ev ow pyskessa
pell alemma, diw seythun. Nammnygen y
tehwelsons dell leveris," yn medh an wreg,
prederys hy thremmynn.

"Dar! Ny welav namoy yn fas, soweth!"
yn medh Kaja, ow hwerthin.

"Res yw dhymm fistena - durdadhehwi!"
Hag ow leverel henna, Mestres Plenkynn eth
dhe ves yn uskis.

"Henn o koynt," yn medh Kerensa Karn.
"Ny aswonnav an teylu Plenkynn. An den

anfeusik na, Jago Hosket, ev a oberi war gok Plenkynn kyns kedrynn yntredha."

"Ynter Jago ha'n teylu Plenkynn?" a wovynnas Kaja.

"Ynter Jago ha'n mab ha'n tas, dhe'n lyha," yn medh Kerensa.

"Py par kedrynn?" a wovynnas Kaja.

"Ny wonn. Denvyth ny woer po ny vynn leverel dhyn."

"Martesen my a yll govynn orth tus," a brofyas Kaja.

"Mar pleg dhis, Kaja - gans rach!" a gusulyas Kerensa.

Wosa henna, diberth a wrussons ha Kerensa a gerdhas tamm pella a-dro dhe'n dre. Wor'tiwedh, ny gavas hi travyth moy dhe wul marnas mos tre ha pellgewsel orth Rabmen rag derivas orto an nowodhow. Drefenn ev dhe oberi hwath, res o dhedhi gul derivas a verr lavarow ha nyns o hi lowen a henna.

"My a wra dos dhe'th weles kettell worfennav omma," yn medh Rabmen yn skon. "Ro dhymm niver an karr - my a yll hwithra tamm."

Hanafas te Darjeeling rybdhi, Kerensa a omsedhas war hy soffa rag igeri an lytherow re bia delivrys nammnygen. Yn termyn eus passyes, leveryn mis po dew, an lytherwas a dho pub myttin ogas dhe hanter wosa eth eur. Rag tekkenn, byttegyns, piw a wodhya prag, y to ev lemmyn wosa li. Yn sur, nyns o an keth lytherwas.

Yth esa lyther dhiworth an arghantti, ow profya koelans mars esa hwans dhedhi a dhygoel po fenestri nowydh po neppyth a'n par na. Yth esa lyther dhiworth ken arghantti ow profya kartenn-gresys. Yn maylyer arall yth esa pluvenn hag arhwithrans dhe gollenwel. Mes a'n peswora maylyer, y koedhas unn folenn a baper. Warnedhi y feu skrifys:

DARWAR TY VANOW DROEN-DROGHYA GAS DHE GOEDHA TAKLOW NA GONVEDHYDH

Teyrgweyth y redyas hi an linennow ma ow tegrena, kann hy thremmynn. Ytho, ottomma godros arall. Nebonan neb le ny vynna hi dhe hwithra an kas ma. Saw piw a allsa bos? Sur o hi lemmyn bos gwarnyans, an droglamm karrtan.

Diwettha, pan esa Rabmen gensi, i a studhyas warbarth an lyther godros.

"A wruss'ta diskwedhes hemma dhe Hwithrer Penntesek?" a wovynnas Rabmen orti.

"Na hwath. My a gavas an lytherow pan dheuth tre wosa mos dhe'n gwithyatti. Nyns esa an hwithrer ena ha ny welen an poynt a bellgewsel orto distowgh."

"Skrifys yw oll yn lytherennow bras, rakhenna kales vydh aswonn an dornskrif."

"Hag a welsys nag esa na postverk na stamp war an maylyer?"

"Henn yw gwir," yn medh Rabmen, ow hwithra an maylyer yn gluw. "Ha henn yw dhe leverel na dheuth an lyther ma gans an re erell delivrys gans an lytherwas."

"Ewn - hag yth esa yn dann an re erell war an strel. Ytho, y teuth kynsa."

"Gwra govynn orth an gentrevogyon dhe by eur y teuth an lytherwas, ytho, hag ynwedh mar kwellens nebonan arall ow tos dhe'th chi."

Ha Kerensa Karn ow mos dhe gewsel orth hy hentrevogyon, Rabmen a viras pella orth an lyther. Wosa henna, yth igoras y jynn-amontya hedheg ha dalleth hwilas kedhlow der an kesroesweyth. Nyns o hemma ober es, byttegyns, drefenn bos pur lent an linenn-gesroesweyth yn chi Kerensa Karn.

"Dar!" a grias ev, wor'tiwedh. "Res yw dhymm dehweles dhe'n ober rag gul hemma. Nyns eus tra arnowydh vyth yn chi Kerensa!"

A-wosa, pan dheuth Kerensa Karn tre, yth esa gwedrenn a win rudh war an voes orth hy gortos ha notenn rybdhi dhiworth Rabmen:

"Yv an gwin ha my ow hwilas kedhlow y'n ober. Ny wrav strechya pell."

Rann Eth

Yth esa Hwithrer Penntesek a'y esedh yn y soedhva ow redya an derivas gesys ragdho gans Kerensa Karn a-varra y'n jydh. Re bia dydh hir arall. An nowodhow dhiworth an klavji hwath nyns o gwell. Nyns esa chanj vyth yn studh drog Peder Paynter.

Nyhewer y'n chi, yn gorthenep, re bia chanj. Galsa Penkasta dhe'n sinema gans Sebastyan herwydh notenn skrifys yn uskis ha gesys war voes an gegin. Ny'n jevo an hwithrer hwans dybri sand-rewys arta, ytho, ev a bareusas oy brywys war grasenn. Mar skwith o ev, yth eth distowgh dh'y weli wosa dybri y ginyow sempel. Yth esa ev ow renki yn kosel pan dheuthons tre, Penkasta ha'y mab.

"Koeth!" a grias Sebastyan. "Ny vynnen y weles. Ha meurastajy arta, Mamm, rag an arghans. An karr, y hwrav y brena avorow."

Haneth, wor'tu ha tre ny fistenas Hwithrer Penntesek. Yth esa ober dhe wul, folennow dhe gollenwel, derivas dhe skrifa. Hag yth o arta torn Hedra Lynn rag gul goel an nos. An hwithrer a ros dhedhi derivas Kerensa Karn dh'y redya.

"Re skrifis vy ynwedh derivas, Hwithrer," yn medh Hedra Lynn. "Ottomma an pyth a leveris dhymm dyghtyer an arghantti."

Hwithrer Penntesek a redyas an derivas yn skon. Yth esa drog-penngasenn dhodho herwydh usadow, hag yn kettermyn, nown bras maga ta. Saw gwell o ganso bos y'n gwithyatti yn herwydh Hedra ages mos tre rag dybri koen ryb Penkasta ha Sebastyan. Ass o an ober askus brav, treweythyow!

"Ytho," yn medh ev, ow korfenna redya an derivas. "Y hworras Peder Paynter pymp mil peuns yn y akont, nans yw blydhen, an keth myns nans yw deg mis, arta an keth myns nans yw eth mis. Ena, an jydh kyns mernans Jago Hosket, ev a gemmeras mes a'n arghantti oll an arghans na - rag gul pyth? Nyns o rag prena an karrtan nowydh dell leveris y wreg."

"Ev a dalas kendon a neb sort, orth ow brys," yn medh Hedra Lynn.

"Kendon, yn sur. Mes a ble y teuth an arghans? A dheuth dhiworth Jago Hosket? Ha mars o henna an kas, a ble y teuth an arghans y'n kynsa le? Hemm yw an pyth a vynnav godhvos. A veu gorrys yn chekkennow po yn mona?"

"Yn mona, Hwithrer," yn medh Hedra. "Oll yn folennow usys a dheg po ugens peuns!"

"Hag yndella kales dhe sywya an olow anedha. Wel, pur dha, Lynn. Ober da."

*****

81

Y'n kevamser, yth esa Sessil Prowse, an den koth neb a welas Jago Hosket owth omladh gans den arall war an pons, ow tybri y goen orth an voes hag ow koslowes orth an radyo, yn stevell a-woeles yn y growji. Eth ha dew-ugens blydhen y triga ena y'n krowji na, y'n kynsa le gans y wreg ha'ga fleghes. I a's tevo pymp flogh, Sessil ha'y wreg Gras. Gras a verwis nans o ogas ugens blydhen rag kleves benynes a neb sort. Aga mab kottha eth dhe Vordir Nowydh rag y ober ha wor'tiwedh y temmedhis gans mowes ena. Dhe Sessil ha Gras yth esa mab yowynka a verwis, soweth, yn droglamm jynn-diwros pan ova etek bloedh. Galsa Gras yn klav blydhen wosa mernans hy mab. A'n teyr myrgh, an kynsa a dhemmedhis gans marner amerikanek hag eth dhe driga yn Amerika. Dyskadores o an nessa yn kollji bras yn Leeds. Trigys o an tressa yn Rysrudh gans hy gour ha'ga dew flogh.

An gorthugher na, yth esa keskan y'n radyo, "Levow an Nansow" y ditel - gans keuryow levow gwer gembrek. Heb mar, gwell via goslowes orth keuryow levow gwer gernewek ... mes ny vern. Lowen o Sessil dhe gavoes keskan dha dhe woslowes orti. Brassa rann 'ilow' an radyo o atal yn tien!

Rag y goen, re geginsa Sessil hernenn-wynn ha patatys bryjys. Gans henna, ev a dhybris meur a hoelan ha peber ha kals bara.

Yth esa potas te parys war an voes hag avel melyssand, banana. Toemm ha klys o an stevell awos tan y'n oeles. Ow koska orth dewdroes Sessil yth esa y gi, Arthur. Bras ha blewek o Arthur, gell y liw marnas y vin o gwynn. Ny'n jevo aghskrif vyth saw lel o ha fur.

A-dhesempis yth harthas Arthur, y dhiwskovarn a'ga sav.

"Pyth ywa, 'was?" a wovynnas Sessil, ow mos dhe vires der an fenester. Nos tewl o. Yth esa golowys ydhil y'n nessa chiow mes ny weli denvyth y'n stret nag y'n lowarth byghan a-rag dh'y ji. Sessil eth dhe omsedha arta rag gorfenna y voes.

Ena, y sonas an pellgowser esa war voes vyghan y'n hel. Sessil a hanasas ha mos dhe worthybi dhodho.

"Gorthugher da," yn medh ev, yn kortes.

"Gorthugher da, 'Vester Prowse."

"Mynysenn," yn medh Sessil Prowse, "Yma'n ki owth hartha! - Taw, Arthur! Taw!"

"Ottomma Kerensa Karn," a assayas hi arta. "Eus kov dhywgh ahanav? My a dheuth dh'agas gweles rag kewsel a'n denladh"

"Mestres Karn - A! Yn sur y porthav kov ahanowgh. Fatell allav agas gweres arta? Ny'm beus ken tra dhe leverel dhywgh a'n mater na."

"Wel, 'Vester Prowse, my a vynna godhvos -"

"Mynysenn! My re glewas tros yn -" an den koth a woderras y lavar ow kasa dhe goedha an pellgowser yn tromm. Kerensa Karn a glewas harth arall ha wosa henna, lev ow kewsel neb le y'n pellder dhe benn arall an linenn.

"Ty, dhen koth, nevra namoy ny wre'ta kyhwedhla na -"

Yth esa meur a dros, a-dhesempis, ha skrij a vrowagh ha wosa henna ny glewas Kerensa travyth moy. Nyns esa saw taw dien.

"Sessil! Sessil!" a armas Kerensa Karn y'n pellgowser. "A Vester Prowse! Esowgh ena? Kewsewgh orthiv!"

Nyns esa gorthyp mann. Leun a euth, Kerensa a fistenas dhe dreghi an linenn rag pellgewsel orth an Kreslu.

"Kreslu Kernow omma," yn medh lev.

"Ple ma Hwithrer Penntesek?" a grias Kerensa Karn. "Mall yw genev kewsel orto distowgh. Yn skon, mar pleg!"

"Mynysenn, Madama. Piw eus ow kewsel?"

"Kerensa Karn. Fistenewgh!"

Wosa mynysenn po diw, y teuth an hwithrer dhe'n pellgowser.

"Gorthugher da, 'Vestres Karn. Pandr'a allav dhe wul ragowgh hwi dhe'n eur avonsys ma?"

"Hwithrer Penntesek? Nans yw pols, yth esen ow kewsel orth Sessil Prowse. Hwi a berth kov anodho? An den koth a welas Jago Hosket owth omladh gans nebonan war an pons. Ev a asas dhe goedha an pellgowser nammnygen wosa leverel dhymm ev dhe glewes tros. My a glewas lev arall a leveris: 'nevra namoy ny wre'ta kyhwedhla'. Yth esa skrij ha wosa henna travyth - taw kowal. Dout a'm beus bos Mr Prowse klav po gweth! Fistenewgh dhe hwithra an pyth a hwarva, Hwithrer!"

Yn unn hanasa, y leveris Hwithrer Penntesek dhedhi,

"Hwi a's beus awen vras, 'Vestres Karn! Martesen awos agas bos skrifyades ... My a dhi, byttegyns, rag agas dassurhe. A wodhowgh hwi le mayth yw trigys, an den koth? Ha pyth yw y hanow arta?"

"Sessil Prowse yw y hanow. Yma oll an kedhlow yn y gever skrifys y'm derivas. Krowji Rosenn Wynn yn Bownder an Hynshorn, homm yw y drigva. Fistenewgh, Hwithrer!"

Hwithrer Penntesek a dherivas an keskows ma dhe Hedra Lynn ha wosa henna, ev eth sket dhe weles py par trobel esa y'n Krowji Rosenn Wynn. Ev a vynna dri ganso Hedra ha'y minhwarth ha'y skians da. Saw res o dhedhi gortos y'n gwithyatti. Harri Nans ha JoJo Kargeek, an soedhogyon erell, galsons tre seulabrys, hag yth esa Serjont Gover yn mes yn ken galow ha hwath klav o Soedhek Trevor, an huni shyndys, lemmyn ow powes yn chi y vamm yn Lulynn.

Ow lewya yn uskis, y wolow glas ow lughesi, Hwithrer Penntesek a dheuth dhe Vownder an Hynshorn a-ji dhe hwegh mynysenn. Nyns o mar es kavoes an krowji heb lugern y'n stret - mes gans gweres tanbrenn, Hwithrer Penntesek a gavas wor'tiwedh yet ha warnedhi arwoedh 'Krowji Rosenn Wynn'. Yth esa golow gwann y'n stevell-a-rag y'n krowji. Denvyth ny dheuth dhe igeri an daras, byttegyns, pan gnoukyas an hwithrer orto. Awos an kroglennow hanter igor, y hweli der an fenester moes yn kres an stevell ha plat ha taklow erell warnedhi ha tan y'n oeles. Deges hag alhwedhys o an fenester, yn sur.

Y'n tewolgow dien, Hwithrer Penntesek a gerdhas gans rach a-dro dhe'n krowji. A-dhelergh, y kavas daras hanter igor. Ev a hokyas, eylenn, ow koslowes y'n treudhow. Ny weli na klewes tra. Yn dann dava, yth eth a-berth y'n chi ha hwilas an golow. Gans an golow, ev a gavas an ladhva.

A'y wrowedh yn kres an gegin, awos bos y'n gegin le mayth omgevi an hwithrer, y plattya korf ki bras, kollel hir herdhys yn y lagas. Hwithrer Penntesek a gerdhas a-dro dhe'n ki ha mos mes a'n gegin y'n hel. Ny'n jevo edhomm dhe enowi an golow ena rag gweles an korf arall. Korf den koth o, pychys gans kollel vras yn y geyn. Nyns esa kemmys goes oll a-dro dell waytya an hwithrer gweles. Ogas dhe'n korf, hwath yn krog, yth esa an pellgowser.

Ow taslenki ynni hwyja, y kemmeras an hwithrer y bellgewsell rag gelwel para SOCO dhiworth Truru ha wosa henna rag gelwel Hedra Lynn y'n gwithyatti.

"Dannvon Gover omma, Lynn," yn medh ev ha derivas orti an pyth re gavsa yn Krowji Rosenn Wynn. "Ha Lynn," a geworras an hwithrer, "Pellgows, mar pleg dhis, orth ow gwreg rag leverel dhedhi na vydhav tre, haneth. Nos hir vydh, dell dybav."

"Yn kowgans, Syrra. Hag a wrav pellgewsel ynwedh orth Mestres Karn?" a wovynnas Hedra orto.

"Mestres Karn? A, heb mar, bysi via dhis gul henna. Tybyans da, Lynn. Lavar dhedhi hi may hwrello derivas arall a-dro dhe'n mater ma. Meurastajy, Lynn."

Rann Naw

Hedra Lynn a dhegemmeras arsywyans an otopsi, ternos vyttin. Nyns o marth bras. Jago Hosket a verwis a dhregynn awos skwatt dh'y benn a neppyth sogh sywys gans koedh dhiworth ardh. Nyns esa gidyans nowydh ynno. Hi a worras an maylyer gans an derivas war dhesk Hwithrer Penntesek ha gans henna, derivas re skrifsa hi a-dro dhe negys arghansek Jago Hosket ha Peder Paynter. Hemm o meur dhe les.

Hedra a vynnsa kewsel orth an hwithrer a'y derivas hi hag a'n ladhva nowydh. Lowen o hi pupprys dhe dhadhla a'n kasys gans an hwithrer. Hi ynwedh, hi a vynna dos dhe vos hwithrores unn jydh. Hwithrer Penntesek, heb dehweles dhe'n gwithyatti byttegyns, eth tre dhe hwegh eur rag koska banna. Ytho, Hedra a geschanjyas nebes geryow gans JoJo Kargeek kyns mos tre hi ynwedh.

Trigys o Hedra yn chi koth hy modrep, ogas dhe'n treth. Mall o gensi seweni y'n Kreslu ha rag gul henna, hi a oberi lies our ystynnys pan esa chons dhedhi dh'y wul. Nyns o Hedra gwyrgh na gwyrdh yn tien ha hi a arwodhya nag o Hwithrer Penntesek lowen namoy gans y wreg. Ha hi a weli kekeffrys y vaner a vires orti hi.

Mowes teg o Hedra, hir hy diwarr ha hir hy gols melyn-mel. Moen o hi saw krev maga ta drefenn hi dhe braktisya karate dres blydhynyow. Keffrys ha teg, Hedra o benyn skentel ha talvesys meur o hy thybyansow gans hy howethysi y'n ober, yn arbennik gans Hwithrer Penntesek. Ha byttegyns, y'n gwithyatti denvyth ny wodhya bos kar dhe Hedra, den yowynk, neb esa trigys yn Lanneves. Gwell o gensi gwitha privedh hy bywnans hy honan ha martesen gwell o yndella rag hy resegva.

Modrep Hedra a wertha bara ha tesennow y'n pobti bras yn Stret an Varghas, ytho nyns esa y'n chi dres an jydh. Hedra a omdroghyas y'n gowas hag ena hi a bareusas boes dhe dhybri ha hi ow redya an paperyow nowodhow. Nyns esa hwath manylyon an drog-ober nowydh saw i re dhiskudhsa elvennow an kas: 'LADHVA ARALL' a armas Galow an Worlewin. 'NESSA LADHVA' a grias An Kovadh. 'KRESLU OW KOGRENNI' a grodhvolas an Pellweler.

'Dar!' a hwystras Hedra Lynn dh'y honan. 'Nyns eson ow kogrenni! Nyns yw hemma gwir - pana flows!'

Hi a dhannvonas messaj-tekst dh'y har neb esa yn y ober. An tekst sempel a redyas dell syw: 'Dydh da dhis! Bys dy Sadorn! xxx H'. Wosa henna, hi a skubas hy dyns fin ha gwynn ha'y gols melyn ha hir rag mos dh'y gweli.

Hanter wosa deg eur o hag y'n kettermyn, yth esa Hwithrer Penntesek ow skuba y dhyns kyns diyskynna dhe'n gegin rag hansel. Y'n gwettha prys, yth esa Penkasta orth an voes, hanafas koffi du ha skudellas musli 'heb blonek' a-rygdhi.

"Myttin da, ow melder," yn medh an hwithrer, yn skon.

"Nyns yw dydh da!" a grodhvolas y wreg. "Hi a wra glaw pub dydh oll ha gyllys yn klav yw Sebastyan."

"Gyllys yn klav? Pyth yw an mater ganso?" a wovynnas hy gour.

"Yma anwoes euthyk warnodho, an truan. Berrdrumm! Na wra gorfenna oll an leth! My a vynn pareusi choklet toemm rag ow mab."

"Gwell via ganso eva hwyski," a ishwystras an hwithrer.

"Pyth a leversys, Berrdrumm?"

"Travyth, ow melder. Res yw dhymm fistena lemmyn." Ow leverel henna, ev a gollonkas yn uskis y de menta hag y anowas musli (ogas heb leth) kyns mos dhe'n ober.

An kynsa tra a welas an hwithrer hag ev ow trehedhes an gwithyatti a veu trolinenn Kerensa Karn a'y sav y'n porth. Orth y weles, hi a fistenas er y bynn ow kria:

"Hou! Hwithrer Penntesek! Hwithrer Penntesek! Goslowewgh orthiv pols, mar pleg dhywgh. Neppyth euthyk yw hwarvedhys dhe Verywenn Harvi!" Kerensa Karn a worras hy leuv war vregh an hwithrer rag may hwrella hy attendya. Ev a dhelivras y vreghel dhiworth hy dalghenn ha leverel:

"Ny'm beus meur a dermyn lemmyn, 'Vestres Karn. Dewgh genev ha ni a wra kewsel yn skon y'm soedhva."

Owth entra y'n gwithyatti, Kerensa Karn war y lergh, Hwithrer Penntesek a gemmeras an lytherow ha'n messajys esa orth y wortos dhiworth dorn JoJo Kargeek ha kerdhes yn unn fistena dh'y soedhva.

"Esedhewgh, Madama. A vynnowgh eva hanafas koffi?"

Hi a viras orto, marth bras dhedhi. Bythkweth ny omdhiskwedhsa an hwithrer y vos den deboner kyns.

"Gwibessa a wren!" a grias hi. "Yma Merywenn yn peryll bras hag y tegoedhvia dhyn gul neppyth yn uskis!"

"Pyth yw hwarvedhys, Vestres Karn?" a worthybis Hwithrer Penntesek, yn unn hanasa.

"Nyns ov sur, Hwithrer. Neppyth drog! Nans yw hanter our, y tegemmeris galwenn bellgows dhiworti. Y'n kynsa le ny aswonnis hy lev - pur wann o ha kales dh'y glewes. Yth esa hi ow hwystra 'Gweres vy! Gweres vy!'. My a wovynnis orti pyth yw hwarvedhys ha pleth esa hi. Dalghennys yw dell hevel. Ple ma ny woer hi ha ny yll diank. 'I' a wra dehweles kyns pell dell leveris hi. I a vynn hy ladha mar ny gavons an arghans."

"Ha py arghans yw hemma?" a wovynnas Hwithrer Penntesek.

"My a wovynnas an keth tra. An arghans a dal Merywenn dhedha."

"Ha piw yns i?" a wovynnas an hwithrer.

"My a wovynnas henna ynwedh. Hi a leveris aga bos an 'Vestrysi'. Py hanow yns i? a wovynnis vy orti. 'Trendlewood' hag 'Oskar' yns, dell hevel. A wodhowgh hwi piw yns, Hwithrer Penntesek?"

"Na wonn. Ny wonn mann, y'n gwettha prys, Vestres Karn." Yth esa an hwithrer ow skrifa notennow.

"Res yw dhywgh gul neppyth, Hwithrer!" a grias Kerensa Karn arta. "Yma hi yn peryll dell ov sur."

"Da lowr. My a wra mos dhe hwithra an kas ha hwi ow skrifa agas derivas. A aswonnowgh trigva an venyn ma?"

"Ottomma hy thrigva." Kerensa a skrifas yn skon nebes geryow war damm paper. "Saw ny grysav may fo hi ena... A! My a'm beus niver hy fellgewsell - otta! Martesen an Kowethas EE a yll leverel dhywgh le may ma hi?"

"Tybyans da. Gwrewgh skrifa agas derivas y'n soedhva boblek ha Soedhek Kargeek a wra y jynnskrifa. Wosa henna, gortewgh y'n chi mar pellgowssa hi arta orthowgh."

Ev a omsevis ha mos a-dhistowgh yn mes a'n soedhva. Kerensa Karn eth war y lergh rag daskavoes an soedhva boblek ha skrifa hy derivas. Yth esa an hwithrer seulabrys yn y garrtan ha Serjont Gover ganso, ow mos y'n fordh, golow glas ow lughesi arta.

Y'n Skol Goth yn Gwig ny gavsons denvyth. Hwithrer Penntesek a assayas terri an daras rag entra saw re grev ha re dew o. Wor'tiwedh, wosa klewes oll an habadoellya, y teuth an kentrevek, an keth den koth ha moel a gewsis orth Kerensa Karn nans yw nebes dydhyow.

"Eus genowgh an alhwedh, Syrra?" a wovynnas an hwithrer orto.

"Nag eus. Pyth yw an kudynn lemmyn?"

"Skila a'gan beus dhe grysi hy bos yn peryll bras, an venyn a drig omma, Syrra," yn medh Serjont Gover. "Yma edhomm dhyn hwithra an chi. A wodhowgh pleth yw trigys an perghenn?"

"Mester Roberts? Ev a ober yn Dubai," yn medh an den koth ha dalleth pasa. Ev a'n jevo prest pib ynter y dhyns. "Yma soedhva yn

93

Hellys, dell grysav, a with an chi. Nyns ov sur a'n hanow."

"Nyns yw henna dhe les, ytho," yn medh an hwithrer. "Serjont, res yw dhyn terri an daras!"

"Yma fordh arall dhe entra," a brofyas an den koth.

"Ha henn yw?" a wovynnas an serjont, yn kott.

"Hwi a yll dos der ow chi vy ha der ow lowarth. Es yw dhe vos y'n lowarth nessa hag ena, yma'n daras-delergh."

"An daras-delergh! Splann! Ha fatell wren ni entra ena? Yw an daras na esya dhe derri?"

"Ny wonn. Mes yma'n alhwedh yn dann an pott-bleujyow!"

"Wor'tiwedh! Fisten, Serjont - ke dhejy gans an den ma hag igeri an daras omma may hallav vy entra!"

Pymp mynysenn wosa henna, yth esa an dhew withyas kres yn kegin an Skol Goth. Nyns esa ol vyth a Verywenn Harvi na den arall. Y'n yeynell, byttegyns, y kavsons kwarter botellas leth, tamm keus, kistennas avalow kerensa, hanter torth a vara ha teyr haretysenn. Kro lowr o puptra.

I a hwithras an chi oll. Y'n chambour a-wartha, y kavas an serjont dillasow y'n amari, dillasow skoellys war an gweli, war an gador, war leur. Yth esa lyvrow maga ta, pub le oll. Yth esa skubyllenn wols ha delk hag euryer war leur yn mysk taklow erell. O Merywenn Harvi pur angempenn po a dheuth nebonan arall omma rag hwilas neppyth? A-woeles y'n stevell-dhybri Hwithrer Penntesek a gavas desk yn sorn hag ynno paperyow a bub sort, lyver skeusennow, nebes lytherow personek ha tremengummyas.

Ow hwithra y'n esedhva, y tiskudhas tigenn ryb an gador-vregh vras, kudhys yn dann bern a baperyow nowodhow. Tigenn rudh ha byghan o hag yth esa lies tra ynno.

"Serjont!" a grias an hwithrer. "Re gevis hy thigenn!"

Serjont Gover a dhiyskynnas a-woeles.

"Henn yw koynt, Syrra. An benynes, herwydh usadow, ny asons i aga thigenn yn chi pan ons yn mes."

"Ha mir orth an paperyow nowodhow ma, Serjont. Ymons dhiworth dy Sul tremenys. Ytho, yth esa hi a'y esedh omma ow redya, dell dhismygav, pan dheuth nebonan po moy es onan rag hy hibya!"

"I a hwithras an chi yn uskis," a besyas Serjont Gover. "Mes ny gavsons hy thigenn."

"Ha pyth esens ow hwilas? A gavsons henna?" a wovynnas an hwithrer.

"Govynn da," yn medh y serjont.

"Mir lemmyn orth hemma!" a armas an hwithrer ow tiskwedhes dhe Serjont Gover neppyth war an leurlenn ogas dhe'n porth-entra. Namm byghan o.

"Goes!" a grias an serjont.

"Dell hevel. Galw an wesyon a SOCO desempis, Gover. Res yw dhedha dos yn skon rag hwithra yn gluw an chi oll."

Rann Deg

Diwettha y'n gwithyatti, y studhyas Hwithrer Penntesek ha Serjont Gover oll an taklow kemmerys dhiworth an Skol Goth. Brassa rann an taklow, nyns ens i meur dhe les dhe'n kreslu. Saw an lyver skeusennow a ylli gul gweres dhedha rag yth esa skeusenn a Verywenn hy honan hag onan pur dha o dell heveli dhedha, bras ha kler. I a wodhya bos an venyn y'n skeusenn Merywenn wosa gweles skeusenn hy thremengummyas.

"Homma a via da rag hy aswonn," yn medh Hwithrer Penntesek. "Gwra dasskrifow anedhi rag diskwedhes dhe'n dus."

Ena, an hwithrer a gavas skriflyver y'n digenn. Leun o a notennow, kales dhe redya rag aga bos an brassa rann skrifys yn neb sort a gottskrif privedh. Apert o, byttegyns, bos nebes anedha notennow a-dro dhe'n arghans. An myns re bia skrifys ha nessa dhe'n myns neppyth moy - hanow martesen po tra po le. Nyns ens i sur mars o an kottskrif marnas kottheans po martesen koda. Naneyl anedha ny ylli konvedhes travyth moy y'n skriflyver.

Ny gavsons pennfunenn mann rag aga gidya dhe dhiskudha an tyller mayth esa Merywenn prisonys na praga y feu hi denledrys. Nebonan a'n para Forensek a bellgewsis diwettha rag leverel bos an namm war an leurlenn goes heb dhout - martesen goes Merywenn. Yth esa godhonydhyon arbrovji an kreslu ow kul provow rag godhvos henna. Yn oll hevelepter, y feu hi dalghennys gans freudh. Ytho, y fia res dhe'n hwithrer pellgewsel orth an Pennplas yn Truru rag pysi gweres. Bagas a greswesyon arbennik a via dannvenys kyns pell, ledys gans Pennhwithrer Jenkyn. An Skol Goth o lemmyn tyller drogober.

Arta y tallathas gul glaw ha lowen o Hwithrer Penntesek gortos y'n gwithyatti rag hwithra an paperyow ha taklow erell yn le poenya a-dro yn dann an glaw ow hwilas benyn heb olow. Ev a viras arta orth hy skeusenn. Benyn deg o ha hwath yowynk. Herwydh hy thremengummyas, Merywenn Harvi o seyth warn ugens bloedh. Du o hy gols ha hir, dhe'n lyha y'n skeusenn. Dewlagas vras a's tevo ha glas aga liw herwydh an tremengummyas arta. Pymp meusva ha pymp troeshys o hi ha ny's tevo namm arbennik. Genys veu hi yn Truru (Trelisk yn hevelepter, a brederis an hwithrer). Hy neshevin o Janna Davey ha Raymond Hosket.

Teyrgweyth y firas Hwithrer Penntesek orth an hanow na. Re'm fay! a brederis ev. Martesen nyns o Kerensa Karn benyn wokki yn tien!

"Gover!" a armas ev der an daras. "Deus omma!"

An serjont a dheuth yn kosel dhe soedhva an hwithrer.

"Pyth a hwer, Syrra?"

"Mir orth hemma - hanow hy neshevin, henn yw dhe leverel, onan anedha. Otta - Raymond Hosket. Piw yw ev? Nyns yw tas Jago. Y hanow ev yw Jowann."

"Koynt, Syrra. Martesen Jowann Hosket a wodhvia piw yw Raymond Hosket - y hallsa bos kenderow po kerens a neb sort a'n keth teylu."

Nyns esa Jowann Hosket namoy y'n gwithyatti mes mewghys. Ytho, yth eth an hwithrer desempis dhe dhyji Hosket ogas dhe'n porth, ow kasa Serjont Gover y'n soedhva rag pesya dhe hwithra an paperyow.

Ny gavas Hwithrer Penntesek Jowann y'n chi y'n eur na. Nyns esa saw y wreg a'y esedh, hy honan, ryb an oeles yeyn, ow kortos hy mab marow.

"Askusewgh vy, Vestres Hosket," yn medh an hwithrer. "A aswonnowgh hwi den henwys Raymond Hosket? Yw ev neshevin dh'agas gour, martesen?"

"Raymond Hosket?" a dhasleveris an venyn druan. "Raymond yw broder ow gour. Ny'n aswonnav. Ev eth dhe ves nans yw termyn hir - kyns my dhe dhos omma dhe'n dre ma, kyns my dhe aswonn Jowann."

"Hag ev eth dhe ves ple?" a wovynnas an hwithrer.

"Ny wonn vy, Syrra.   Bynner ny wra Jowann kewsel a'y vroder."

"Yw Raymond demmedhys?   Eus fleghes dhodho?"

"Res yw dhywgh govynn henna worth ow gour, Hwithrer.   Ymava y'n diwotti yn ogas herwydh usadow, y'n dydhyow ma."

Nyns esa Jowann Hosket y'n diwotti yn ogas, byttegyns, ha denvyth ena ny wodhya le mayth esa.   Ytho an hwithrer eth arta dhe'n gwithyatti rag gortos hag oberi pella.   Gyllys veu Serjont Gover war negys arall.   Hag ev ow mires hwath orth paperyow Merywenn, hwans bras a'n jevo Hwithrer Penntesek dhe gewsel a-dro dhe'n kas orth Hedra Lynn.   Y'n gwettha prys, yth esa hi yn hy chi ow koska y'n eur na.

Yth esa Harri Nans y'n gwithyatti, byttegyns, ow kweres JoJo Kargeek y'n soedhva boblek ow skrifa derivadow. Hwithrer Penntesek a'n gelwis rag hwithra an paperyow ganso.   Harri Nans o soedhek an kreslu kynsa klass: den poellek ha sleygh ha lagasek hag ympynnyon koeth dhodho.   Kyns mos dhe vos gwithyas kres, Harri Nans eth dhe'n Pennskol yn Lancaster rag studhya Doronieth. Wosa gorfenna y studhyansow, byttegyns, ny vynna Harri mos dhe vos dyskador ha pyth ken a wrer gans bachelerieth yn Doronieth, kyn fo onan sewen? Harri a janjyas yn skon y fordh y'n bywnans rag mos dhe Gollji an Kreslu. Y gynsa soedh o homma yn bagas Hwithrer Penntesek. Y amkan lemmyn o mos dhe vos helerghyas yn le soedhek sempel.

Kyns bos Harri gelwys dhe weres an hwithrer, re bia Harri ha JoJo ow kesklappya a-dro dhe fytt rygbi. Nyns ens i poran kowetha saw pur es o dhe glappya dhe JoJo o den sempel, den lowen yn y groghen. Yowynka o JoJo ages Harri ha demmedhys yn sur, mes hegar ynwedh ha jolif. Da o gans Harri spena termyn rybdho. Treweythyow, Harri eth dhe dhybri y'n chi Kargeek ha plesour o henna. Nyns o pupprys boes Lusi sewen dell wodhya ev. Nyns o hemma dhe les. Pupprys toemm ha gwir o an dynnargh hag yth esa fowt dhe Harri a gowetha y'n dre ma. Trigys o y deylu yn Lyskerrys, pell lowr alemma, ha gallas y gyns-kares dhe Loundres.

Hag ev owth omsedha yn soedhva Hwithrer Penntesek, ev a leveris dh'y vester:

"My eth dhe weles Soedhek Trevor, Syrra, an myttin ma. Ev a vynn dehweles dhe'n ober skaffa gallo."

"Pur dha, Nans. Fatla ganso? Yn poynt da, lemmyn, dell fydhyav."

"Da lowr, Syrra.   Hwath gwann yw, byttegyns."

"Meurastajy, Nans.   Mos a wrav dh'y weles haneth kyns mos tre mar pydh termyn dhymm. Ny via tybyans da may tehwello dhe'n ober re uskis. Ytho, gwren studhya warbarth oll an paperyow ma arta. My a vynn godhvos le may ma hi, Merywenn Harvi, y'n eur ma ha diskudha neppyth a-dro dh'y bywnans - neppyth rag agan gidya."

Ena y tremenas hanter our a daw dien marnas tros paperyow.   A-dhesempis, Harri Nans a viras orth y vester yn dann wovynn:

"A wrussyn pellgewsel orth hy thas, Syrra?"

"Orth hy thas?"   Hwithrer Penntesek a viras orth Harri.

"Orth Raymond Hosket.   Henn yw hy thas, a nyns yw gwir? Yma y niver pellgowser omma yn hy thremengummyas yn dann 'neshevin'."

Y synsis an hwithrer an tremengummyas ha mires orth an keth folenn ha Harri. Ena a-dherag y dhewlagas yth esa niver pellgowser.

"Abarth an jowl! Pellgows orto, Harri, yn uskis."

Y'n gwettha prys, y sonas an pellgowser lieskweyth heb gorthyp vyth.

"Ha'n venyn ma, Janna Davey? Piw yw hi, Hwithrer?"

"Janna Davey?   Govynn da!   Eus niver rygdhi?"

"Eus ha trigva maga ta."

"Pellgows orti, Nans."

"Ha pandr'a wrav leverel dhedhi, Syrra?"

"Gwell via may kewssiv vy orti.   Ro dhymm an niver ha, tann, red an lytherow ma, y'n kevamser."

I a wrug keschanj ober yndella.   An weyth ma, sewen o.   Yth esa Janna Davey y'n chi.   Aga heskows o hir ha kompleth.

"Pyth a leveris hi?" a wovynnas Harri a-wosa.

"Meur dhe les," yn medh Hwithrer Penntesek.   "Meur dhe les.   Hi yw les-hwoer Merywenn Harvi - hwoer yowynka a'n keth vamm.   Aga mamm a verwis nans yw blydhen. Ny gonvedh hi vyth oll an pyth a hwer gans hy hwoer.   I a omwelas nans yw diw seythun, dell hevel, pan dheuth Janna omma dhe spena pennseythun gans hy les-hwoer.   Studhyoryes yw Janna ha trigys yn Liverpool y'n eur ma."

"Ny wodhya hi bos Merywenn gyllys - kibys - ytho?"

"Na wodhya.   Ha gans henna, hi a leveris bos tas Merywenn trigys yn Amerika an Dyghow!"

"Amerika an Dyghow!" Harri Nans a viras orth an pellgowser, meur y varth.   Re bia owth assaya pellgewsel orth Amerika an Dyghow!

"Rag henna, nyns esa gorthyp. Yma Raymond Hosket ow koska lemmyn, yn oll hevelepter drefenn hy bos nosweyth ena!"

"Martesen," yn medh an hwithrer. "Yn Bolivi ymava dell hevel. Ev yw ynjiner hag y'n jeves ober ena y'n balyow."

"Koynt yw na wodhya Mestres Hosket henna."

"Ev eth dhe ves nans yw lies blydhen - kyns dineythyans Merywenn dell gonvedhav. Ny aswonni Merywenn hy thas kammenn vyth yn hy yowynkneth. Ena, ha hy etek bloedh, moy po le, y fynna hi kavoes hy thas ha rakhenna y tallathas hwithrans rag y dhiskudha. Hi a sewenas ha wosa henna hi eth treweythyow dhe Amerika an Dyghow dh'y weles."

"Hag usi Merywenn yn Amerika an Dyghow lemmyn, ytho?"

"Nag usi. Dhe'n lyha, ny grysav hy bos ena rag yma hy thremengummyas genen ni. Res porres yw dhyn kewsel orth hy thas. Janna Davey a grysi bos hy les-hwoer hwath tre yn Gwig."

"A, an teyluyow!" a hanasas Harri Nans.

"Yma Mestresik Davey ow tos omma y'n nessa tren, dell leveris. Yma tren a dheu dhe Bennsans dhe gwarter dhe hanternos. A yllydh mos dh'y hyrghes, mar pleg, Nans, ha'y gorra omma dhe'n gwithyatti. Y fydh edhomm dhyn anedhi dell dybav."

"Fatell wrav hy aswonn, Syrra?"

"Ny wonn, Nans! Ty a wra kavoes fordh! Ke lemmyn dhe bareusi te ragon kyns my dhe vos dhe Lulynn rag gweles Trevor Trevor. Tementa ragov vy dell yw usys."

Rann Unnek

An weyth ma, yth esa Kerensa Karn arta ow kegina koen rag Rabmen. Nammnygen re worfennsa derivas dhodho an pyth re hwarvia nyhewer.

"Ny allav y grysi, Rabmen - yth esen vy ow kewsel orth an den truan pan veu ledhys!"

"A welsysta pennlinennow ow faper nowodhow haneth?"

"A dhresys dasskrif genes?"

"Yma onan ragos war an soffa y'n esedhva. Ty a allsa y redya wosa dybri."

"Parys yw an boes lemmyn. Tann, Rabmen, dha blat."

Rabmen a gemmeras y blat ow mires orto yn gluw.

"Pyth yw hemma, Kerensa?"

"Risotto. Risotto arbennik. Yma ynno skavellow-kroenek ha dyenn trenk ha keus Parmigiano adhves."

"A, rag henna an liw yw loes-gell ... Splann! Yma nown bleydh dhymm! Deun ha dybri!"

I eth dhe dhybri warbarth a'ga esedh orth an voes vras y'n stevell-dhybri. Dillas Kerensa, an gorthugher na, o hir ha glas morek aga liw. Brosyes veu maga ta yn lies liw kepar ha dillas Marokanek. Rabmen, herwydh usadow, o gwiskys yn Jersey liw a'n sab ha lavrek yn trummbali glas. Yntredha, war an voes, yth esa botellas gwin gwynn sygh ha bollas salad.

"Mars eus hwath nown dhis wosa dybri salad," yn medh Kerensa Karn dhe Rabmen, "yma Stilton adhves ha Cheddar arbennik ha tesennow kales y'n gegin."

"Bryntin - meurastajy. Ytho, pyth yw tybyansow an kreslu a-dro dhe'n ladhva nowydh?"

"Tybyansow? Eus tybyansow dhedha?" a wovynnas Kerensa Karn yn ton brathek.

"Ha ty, ytho? Eus tybyansow dhis, ow herra?" Rabmen a vinhwarthas, bras y dhidhan.

"Sur ov y vos po an keth moldrer po nebonan a vynna gweres an kynsa moldrer. An den koth na, Sessil Prowse, ev a wodhya re. Gweth es henna, ev a gewsi re. Ev a gewsis orthiv vy dhe'n lyha ha dell dybav, orth tus erell ha rag an skila na y feu ledhys."

"Henna y konvedhav. Pyth a wodhya an den koth, orth dha vrys?"

"Pyth a wodhya? Govynn da. Ev a leveris dhymm ev dhe weles an vowes, Merywenn. Ny leveris ev hy hanow, yn sur, drefenn na's aswonni. My a grys hy bos pennfunenn a neb sort."

"Ytho, res porres dhyn kavoes moy kedhlow yn hy hever," yn medh Rabmen, ow tybri y rann a'n salad.

"Ha pyth yw an kevrenn yntra Merywenn ha Jago Hosket? My a wra govynn orth tus a-dro dhe henna."

"O hi kyns-kares, martesen?"

"Martesen. Nebonan a aswonn aga istori ha my a vynn diskudha an gwiryonedh!" a grias Kerensa yn hardh.

"O Jago trigys y'n dre ma termyn hir?"

"Omma y'gan tre? Oll y vywnans dell grysav," yn medh Kerensa Karn. "My a aswonn y vamm pols lowr."

"Ha ty a dherivas oll a hemma dhe'n kreslu? Esons ow hwilas an vowes, Merywenn, y'n eur ma?"

"Esons. Dhe'n lyha, dell fydhyav!" Kerensa Karn a dhallathas kuntell an lestri rag aga doen dhe'n gegin. "A wruss'ta diskudha hwath piw yw Trendlewood hag Oskar?"

"An pyth oll a dhiskudhis yw dell syw:" yn medh Rabmen, "Nebonan henwys Archie Trendlewood a veu synsys gans an kreslu yn Loundres, nans yw peder po pymp blydhen. Yth esa kuhudhans a frows ha frankwikoreth er y bynn. Ken pur hir ha kostek a sywyas. Wor'tiwedh, kevys ankablus veu Trendlewood a'n kuhudhans ha dyllys. Henn yw oll - travyth moy. Ny gevis vy denvyth henwys Oskar."

"Hmm - Merywenn a gewsis a-dro dhe 'arghans'. Martesen hi a veu kemmyskys yn neb maner yn negys Trendlewood; ha negys yn dann wogrys ha skeusek yw, dell hevel. Pubonan a woer bos pur gales previ ken a frows. Yn oll hevelepter, kablus yn tien o an den bilen na! Kavoes an prov yw res, henn yw ken tra ..."

"Piw a woer. Nyns yw henna marnas dismyk. Ny yllir bos sur. Ytho, mars o an negys drog ha'n vowes kemmyskys ynno yn neb fordh, henna a via sel an kudynn, orth dha vrys?"

"Poran, Rabmen. A wodhes py par negys esa ev ow kul?"

"Ny gevis oll an manylyon nag y'n kesroesweyth nag y'gan kovskrifennow. My a berth kov, byttegyns, a weles neb le y vos ynporther koffi."

"Koffi dhiworth Afrika po Amerika an Dyghow?"

"Ny wonn. Martesen y hallav kavoes an gorthyp neb le."

"Mars yw Amerika an Dyghow, martesen an den yw gwikor kokayn keffrys!"

"Kokayn! Nyns yw koffi ha kokayn an keth tra. Ty a re bell lemmyn, Kerensa."

"Nyns yw gokki: Yma meur a arghans y'n negys kokayn - martesen skila dhe gibya nebonan keffrys.   Peub a woer bos henna negys leun a dhrogoberoryon, yn sur."

"Da lowr, Kerensa.   Haneth, y'm ober y hwilav manylyon a'n ken ha kedhlow erell ow tochya Mester Archie Trendlewood."

"Splann.   My a wra pellgewsel orth ow heniterow. Hi a woer lies tra."

Rabmen a dhybris tamm keus hag eva banna koffi kyns mos dhe'n ober.   Kerensa Karn a wolghas an lestri hag ena hi eth dhe bellgewsel orth hy heniterow, Ruth. Trigys o Ruth yn Porthpyran hag hi a wodhya lies tra yn tevri.   Hanter our a-wosa, Kerensa Karn re dhiskudhas henhwedhel a Raymond Hosket ha'y vyrgh Merywenn.   Hi a dhiskudhas bos les-hwoer dhe Verywenn, Janna Davey hy hanow, o studhyores yn Liverpool.   Ruth a ros dhe Gerensa niver pellgowser Janna.

An kynsa prys pan assayas Kerensa Karn pellgewsel orth Janna Davey nyns esa gorthyp. Hi a assayas teyrgweyth.   An tressa gweyth, lev benyn a gewsis orti.

"Yw honna Janna Davey?" a wovynnas Kerensa Karn.

"Nag yw. Nyns ov vy Janna Davey."

"Usi hi ena?"

"Nag usi.   Hi res eth dhe Gernow hedhyw."

"Dhe Gernow?   Yth esov vy yn Kernow. Piw os ta?"

"Sharon - onan a'y howetha-chi ov vy. Ni a rann an chi ma. Piw os ta?"

"Kerensa Karn yw ow hanow. Yth esov ow hwilas hy les-hwoer Merywenn. Martesen Janna a yll leverel dhymm neppyth yn hy hever."

"Henn yw an pyth a leveris an kreslu dhedhi a-varra. Hi eth dhe Gernow awos an reson ma. An kreslu a leveris bos Merywenn kibys ha synsys neb le. Janna a vynn gul gweres dhe'n kreslu orth hy havoes."

"A wodhesta bos kudynn arghans a neb sort dhe Verywenn?"

"Na wonn. Ny aswonnav Merywenn. Res yw dhis kewsel orth Janna. Ottomma niver hy fellgewsell."

"Meurastajy," yn medh Kerensa Karn ow skrifa yn skon an niver a ros Sharon dhedhi.

Wosa Kerensa dhe bellgewsel lieskweyth orth an niver, Janna a worthybis wor'tiwedh saw nyns o an linenn pur gler.

"Kerensa Karn? An hwithrer, pyth yw y hanow, a leveris dhymm Merywenn dhe bellgewsel orthis. Yw henna gwir?"

"Gwir yw. Hi a bellgewsis orthiv diwweyth. Ny wodhya hi le mayth esa, byttegyns. Piw yw Trendlewood hag Oskar?"

"An kreslu a wovynnas orthiv an keth tra. Merywenn a oberi rag Trendlewood, termyn lowr. Hi o y skrifennyades po neppyth a'n par yn y soedhva.   Henn o wosa hi dhe worfenna hy studhyansow yn Pennskol Karvryst."

"Pyth o negys an den na?"

"Koffi."

"Koffi dhiworth py le?"

"Py le?   Brasil po Kolombi po neb le a'n par na."

"Eth Merywenn dhe Amerika an Dyghow a-barth hy ober?"

"Eth.   Mes yma hy thas trigys ena.   Hi eth yn arbennik dhe weles hy thas."

"Raymond Hosket yw trigys yn Amerika an Dyghow?"

"Yw.   Trigys yw yn Bolivi.   Ymava owth oberi avel ynjiner y'n balyow ena."

"Ha Merywenn eth dhe Bolivi dh'y weles?"

"Wosa an kynsa prys - ny aswonni hy thas pan o hi yowynk - hi e lieskweyth, blydhen po diw.   Hag ena, warlyna, wosa mernans agan mamm, hi a hedhis mos dhi.   Ny wonn praga. Hi a dhallathas gwertha taklow y'n marghasow ha ny weli hy howetha namoy.   Hi a leveris dhymm bos edhomm dhedhi a gres hag a gosoleth."

"Ple hwre'ta godriga, haneth, Janna?"

"Yma gwithyas kres ow tos er ow fynn dhe worsav Pennsans.   Res yw dhymm kewsel orth an kreslu.   Wosa henna, ny wonn.   Ny brederis a-dro dhe henna!"

"Deus omma. Ty a yll koska omma. Ni a yll kesoberi war an mater. Res yw dhyn kavoes Merywenn seulvegyns, ytho, ny yllyn gortos bys ma's kyv, an kreslu!"

Kerensa Karn a ros dhe Janna hy thrigva. "Kemmer taksi wosa kewsel orth an kreslu. My a wra tyli an reken. Bys diwettha!"

Rann Dewdhek

'Janna Marilyn Davey yw ow hanow.
Ugens bloedh ov. Ow chyf annedh yw dell syw:
Chi an Klegh, Fordh an Ger, Porthpyran. Y'n
eur ma, trigys ov ynwedh dhe 59 Stret Clancy,
Liverpool, le mayth ov studhyores y'n Bennskol.
Merywenn Joan Harvi yw ow les-hwoer. Harvi
o hanow-teylu agan mamm neb a verwis nans
yw blydhen. Seyth bloedh kottha agesov yw
Merywenn. Agan mamm a dhemmedhis gans
ow thas pan o Merywenn hwegh bloedh.
Genys veuv blydhen a-wosa. Merywenn a gara
ow gwitha ha gwari genev. Ny aswonni hi hy
thas hi. Ev eth dhe ves kyns bos Merywenn
dineythys. Ny wonn an skila. Agan mamm, ny
gara hi kewsel yn y gever. Ny wodhya hi mayth
eth ev. Ny grysav y hwodhya ev bos myrgh
dhodho. Ow thas o agan tas - tas dhymmo vy
ha dhe Verywenn kekeffrys. Den pur guv o. Ev
a verwis pan en peswardhek bloedh. Pur drist
en ni oll, Mamm ha Merywenn ha my.

Wosa henna, Merywenn a erviras hwilas
hy thas hy honan. Nyns o henna es drefenn na
vynna Mamm ri kedhlow dhedhi yn y gever. Ha
byttegyns, Merywenn a dhiskudhas an kedhlow
ha kavoes wor'tiwedh hy thas trigys yn Amerika

an Dyghow. Ev a ober yn Bolivi avel ynjiner y'n balyow. Y hanow ev yw Raymond Hosket. Merywenn eth dh'y weles nans yw pymp blydhen. Y'n kynsa le, nyns o ev pur lowen dhe dhiskudha bos myrgh dhodho. Kales o an taklow yntredha. Tamm ha tamm ev a dheuth ha bos moy hegar. Merywenn a dhallathas mos dh'y weles yn fenowgh, martesen peder po pymp gweyth y'n vlydhen, nyns ov sur. Trigys o hi yn Karvryst hwath wosa gorfenna an bennskol ena. Hi a leveris dhymm hy thas dhe gavoes ober rygdhi ha gwell o ages an ober a wre kyns. Merywenn eth dhe oberi rag den henwys Mr Trendlewood. Ynperthi koffi o y negys dell gonvedhis. Merywenn eth dhe Amerika an Dyghow a-barth hy ober ynwedh wosa henna. Bythkweth ny welis vy Raymond Hosket, dhe'n lyha, marnas yn skeusennow. Ny dheu ev omma. Nyns o agan mamm pur lowen gans an studh ma. Hi a leveris pupprys bos Mr Hosket den pur dhrog.

Wosa mernans agan mamm, Merywenn a hedhis a-dhesempis mos dhe weles hy thas. Hi a asas hy ober yn kettermyn. Prena a wrug kampervan ha dalleth vyajya a-dro, ow kwertha y'n marghasow taklow gwrys gensi hi. Y'n kynsa le, hi eth oll a-dro dhe Bow Sows hag a-wosa y teuth dhe Gernow arta rag mos dhe wertha y'n marghasow omma - ha treweythyow bys yn Dewnens. Hy maner a vywa a janjyas yn tien. Wor'tiwedh hi a rentyas an chi ena yn Gwig - an Skol Goth. Saw ny vynna hi tus dhe wodhvos pleth esa. My a aswonn hy thrigva ha niver hy fellgewsell. Ny wonn eus tus erell a's aswonn - boghes, henn yw sur. A dermyn dhe dermyn hi a bellgewsi orth hy henderow, Jago Hosket, dell hevel. Ny aswonni hi Jago Hosket kyns hi dhe hwilas hy thas. Nena i a dheuth ha bos ha kerens ha kowetha. Merywenn ha my, ni eth dhe dhemmedhyans Jago gans Annik. Den hegar o Jago. Ny aswonnav yn ta y deylu. Ny vynna hi may lavarra Jago orth y gerens bos Merywenn aga nith. Trist o Merywenn yn y gever awos hi dhe vynnes aswonn hy theylu saw hi a leveris bos re beryllus. Ny wonn praga. Ny welis vy Jago marnas an weyth na. Ny dhov dhe Gernow saw dres an dy'goelyow.

Merywenn a janjyas hy bywedh yn tien ha ny wonn vy an skila rag henna. Neppyth drog a hwarva dhedhi dell ov sur. Ny wonn pyth o. Mowes tawesek yw Merywenn. Hi a lever dhymm lies tra saw nyns yw hi tavosek dre vras. Ha my ynwedh, y'n gwiryonedh -

nyns ov vy tavosek. Trigys ov yn Liverpool gans kowetha - henn yw dhe leverel, gans Sharon Tiler, Rhona Ives ha Derek Green. Ny aswonn Merywenn an gowetha ma drefenn aga bos kowetha an bennskol. Nyns a Merywenn dhe Liverpool ha ny dhons dhe Gernow. Gans Merywenn, my a vynn nesa dhedhi arta kepar ha dell o an taklow y'gan yowynkneth. Ow neshevin yw hi. Fest prederys ov yn hy hever. Ny wonn ple ma hi saw yma hi yn peryll bras, sur ov vy a henna.

Mr Trendlewood, my a'n aswonni tamm. Diwweyth po teyrgweyth, my eth dhe weles Merywenn y'n soedhva yn Karvryst. Den melgennek o hag, ow honan, ny vynnen vy koela orto vyth oll. Sur ov yth yw den drog. Nyns eus dhymm prov a henna. Nyns yw henna saw an pyth a dhesevav, henn yw oll. My a vynn agas gweres orth hy havoes yn uskis. Ny wonn eus moy dhe leverel dhywgh. Mars eus neppyth, my a wra kewsel orthowgh desempis.'

SINYS: *Janna Marilyn Davey*

an 6 a vis Ebrel 20__.

Rann Trydhek

Yth esa Janna Davey a'y esedh yn kegin Kerensa Karn, ternos, dhe eth eur myttin, hanafas te a-rygdhi, ow kewsel orth hy ostes. Mowes yowynk, byghan ha moen o hi, glas hy dewlagas ha gell-kesten liw hy gols. Pur hweg o hy enep gwynn ha hi gyllys yn prederow. An dhiw anedha a dheleva treweythyow drefenn bos moy es teyr eur myttin pan dheuth Janna y'n taksi dhe ji Kerensa wosa gorfenna hy heswel ha'y derivas yn gwithyatti an kreslu.

"Yma Hwithrer Penntesek ha'y dus ow hwilas Merywenn dhe bub tu," yn medh Kerensa Karn rag kennertha an vowes truan.

"Sur. Mr Trendlewood yw an drogoberer dell grysons, ha, piw a woer, martesen an moldrer yw, keffrys," yn medh Janna.

Kellys veu an dhiw anedha pols y'ga frederow, ow mires der fenester an gegin. Yth esa an howl ow splanna ha dydh fest teg o dell heveli. Y'n pellder y terlentri an mor hag i a weli nebes skathow-goelya, gwynn aga goelyow, ow treusi an worwel. Onan a'n skathow-goelya a's tevo goel rudh ha Janna a borthas kov a'n jydh nans o blydhynyow mayth ethons, hi ha'y thas, yn skath-woelya yn ogas dhe Wodrevi. An skath na ynwedh a's tevo goel rudh. I a dhybris kroust war dreth byghan ha tewesek ow mires orth teylu reunyon. Nyns esa denvyth arall ena. Tas re hwarthsa an jydh oll ha kana kanow koth. Assa veu henna dydh splann!

"Ytho, i a grys bos Mr Trendlewood agan drogoberer," yn medh Kerensa Karn, ow treghi an taw yntredha. "Ha piw yw Oskar?"

"Oskar? Piw yw ev?" Janna a viras orth Kerensa ha talgamma.

"Merywenn, ha hi ow kewsel orthiv, a leveris 'Trendlewood hag Oskar'," a worthybis Kerensa Karn. "Denvyth ny woer piw yw Oskar dell hevel."

"Oskar ... Oskar ..." Janna a dhasleveris an hanow yn dann assaya gwruthyl anodho kov a neb sort, heb sewena. "Ny aswonnav denvyth henwys Oskar. Nyns eus kov mann dhymm a'n hanow na."

"Martesen kesoberer po kowethyas Trendlewood yw?" a brofyas Kerensa. "Piw esa ow kesoberi ganso yn y negys? A wodhesta henna?"

"Y'n negys koffi? Nyns ov sur. Pan yth dhi, y hwelis mowes y'n dhegemmerva. Hi a's tevo gols melyn ha kudhenn a vinliw war hy enep. Dhymmo vy nyns o hi pur gortes. Nyns esa marnas an dhegemmerva hag unn soedhva dell grysav. Yth esa desk byghan Merywenn y'n korn ha jynn-amontya warnodho. Yn kres an soedhva yth esa desk bras Mr Trendlewood.

119

Nyns esa ev y honan ena, byttegyns, na denvyth arall - marnas an vowes ha Merywenn."

"Ny wodhes py semlans eus ganso, ytho?" a wovynnas Kerensa Karn.

"Gonn. Re welis y skeusenn hag y'n gwiryonedh, my a welas an den y honan, unnweyth. Yth esen vy owth entra y'n drehevyans unn jydh hag ev ow mos dhe ves. Es o y aswonn wosa gweles an skeusenn."

"Ha ty a allsa y dhasaswonn lemmyn?"

"Heb mar. Hir ha tanow yw ha koth - martesen dew-ugens bloedh po moy." Kerensa Karn a gudhas minhwarth. O dew-ugens bloedh koth? Pyth o hi, ytho? Mammwynn? Janna a besyas, "Ev a'n jeves gols melyn, ogas rudh, treghys pur gott, ha minvlew byghan."

"Ha'n skeusenn a welsys? Pleth esa?"

"Yn chi Merywenn. Skeusenn o a Vester Trendlewood ha Merywenn rybdho hag ev ow tynnerghi nebonan yn treudhow boesti, ny wonn ple."

"Ha lemmyn, ple ma'n skeusenn?"

"Piw a woer? Martesen yma hwath yn hy chi," Janna a brederis pols a-dro dhe'n govynn kyns keworra, "Po yn atalgist. Po gans an kreslu."

"Ny wruss'ta gweles an skeusenn yn mysk hy thaklow pan eses y'n gwithyatti nyhewer, ytho."

"Nyns esa termyn lowr dhyn dhe vires orth oll an taklow, nyhewer. Res yw dhymm dehweles hedhyw vyttin dhe wul henna. Py eur yw?"

Kerensa Karn a viras orth klokk an gegin esa war an paros a-dryv Janna.

"Hanter wosa eth eur. A wrons dos rag dha worra dhe'n gwithyatti arta?"

"Gwrons. Dhe naw eur dell leveris an hwithrer. Yma govenek dhymm y vos an keth soedhek teg ha hegar ha nyhewer!"

Yn tevri, y teuth an keth soedhek teg ha hegar - Harri Nans. Kyns Janna dhe vos dhe ves ganso, Kerensa a leveris dhedhi,

"Na ankov, mir yn gluw orth an skeusenn na mars usi ena. Ha dehwel diwettha dhe'm gweles. Ni a'gan beus moy dhe wul!"

Ha Janna gyllys dhe ves, Kerensa Karn eth pols yn hy lowarth dhe weles hy bleujyow. Melyn o an lowarth y'n gwenton, leun a lili Korawys ha brialli. Melyn ynwedh o an eythin y'n pras dres an lowarth hag y'n keow. Melyn-loes o an jynnji y'n pellder. Melyn owrek ha glas-ebron o liwyow an bys oll, dell heveli, an myttin na. Yr ha glan o an ayr hag y klewi Kerensa ydhyn ow kana hweg y'n prysk oll a-dro. Ass o teg an bys hag yn kettermyn hager ha peryllus! Pleth esos, Merywenn? a brederis Kerensa, owth hanasa.

Hanter our tremenys ow hwynni an lowarth ha Kerensa Karn a erviras bos henna lowr. Re dhothya an termyn dhe vos dhe'n treth. Ena, hi a gavas hy theyr howethes ha gansa an tri hi.

"Hwath ow hwithra an kas na a-dro dhe Jago Hosket, an truan?" a wovynnas Dolli dhedhi.

"Esov hwath, dhe wir," yn medh Kerensa Karn. "Ha sur ov tus dhe wodhvos taklow yn y gever heb leverel travyth dhymm na dhe'n kreslu."

"Heb mar, Kerensa," yn medh Kaja. "Henn yw an bys hedhyw!"

"A glewsys an nowodhow a Beder Paynter?" a wovynnas Rubi.

"Pan nowodhow?"

"Tamm gwellhes yw, dell glewis."

"Henn yw nowodhow da. A leveris ev neppyth ytho a-dro dhe Jago?"

"Ny leveris travyth orth y wreg," yn medh Rubi. "Yma gwithyas kres ryb y weli nos ha dydh dell leverir. Martesen y terivas an pyth a hwarva orth an kreslu."

"Na wra, ny wra gul henna dell ov sur," yn medh Kerensa Karn. "Fatell allav mos dhe gewsel orto? A wra ev degemmeres derivas an hwedhel dhymmo, orth dha vrys?"

"Ny wonn. Ny vydh es awos bos an soedhek ena ynwedh," yn medh Dolli. "Kows yn kynsa le orth y wreg. Gwell via mos dhe weles Peder a-barth y wreg. Henna a via an gusul wella, orth ow brys."

"Tybyans da, Dolli. Pyth yw hanow y wreg arta?"

"Lella," yn medh Kaja. "Lella Paynter."

"Ha ty, yth esta hy dyskadores yn termyn eus passyes, a nyns yw gwir?"

"En. Henn yw gwir - nans yw moy es ugens blydhen lemmyn!"

"Ha pleth yw hi trigys?"

"Yma'n chi Paynter yn Hyns an Als, a-barth kledh. An chi rudhwynn yw. Yma brilu ow tevi a-dro dhe'n daras!! Ha nyns yw henna ges!"

An peder benyn a hwarthas warbarth.

"Kepar ha chi yn onan a'th yrhwedhlow, Kerensa!" a grias Dolli.

"Lemmyn, leverewgh dhymm neppyth moy ow tochya Gilles Penntir."

"Pubonan a aswonn Gilles Penntir, dhe'n lyha hy 'klos'." Rubi a dalgammas, anes.

"Y konvedhav vy yn ta py par benyn yw." Kerensa a dalgammas ynwedh. "An pyth a vynnav dhe wodhvos yw dell syw: Esa neppyth yn arbennik ynter Mestres Penntir ha Jago Hosket?"

"Ev e dh'y gweles treweythyow, kyns demmedhi gans Annik," yn medh Rubi. "Henn yw oll."

"Martesen ev a gewsi orti ynwedh?"

"Martesen. Piw a woer?" Kaja a skruthas hy diwskoedh.

"Sur ov y's teves neppyth dhe leverel dhymm. Saw pandr'a yll bos?"

"Gwra kewsel orti arta," a gusulyas Kaja.

Yth esa hwans dhe Gerensa Karn dhe wortos pella war an treth. Nyns esa meur a dus ena y'n pols na drefenn y vos myttin gwenton kyns devedhyans oll an bushys a havysi hag aga fleghes ha'ga bernyow a bythow rag an treth. Kerensa a viras orth an mor may hwelys skathow-goelya ow fistena dres an worwel ha goelannes ow mos ha dos yn unn nija dh'aga hovva war an alsyow. Yth esens ow hwilas barrennow rag gwruthyl neyth. Spavenn mor o hag yth esa an dowr ow tewynnya y'n howlsplann. An keun a resa a-dro, ow kwari y'n tewes hag yn kanolyow an mor. Assa via bryntin gortos omma hag eva koffi ha klappya pella gans an benynes mas!

Saw res o dhedhi sywya yn uskis kusul Kaja ha mos dhe weles Mestres Gilles Penntir arta. Kerdh da o dres an dre ha Kerensa Karn a dheuth erbynn meur a dus a's aswonni. Yndella, y koedhvia dhedhi powes pub deg mynysenn ha kewsel pols orth an huni ma hag an huni na. Yth esa klogh an eglos ow seni hanterdydh pan dheuth hi a-rag chi Gilles. Hwath deges o an kroglennow, byttegyns. Kerensa Karn a frappyas orth an daras ha gortos ha wosa henna, hi a frappyas arta. Pymp mynysenn diwettha hi a frappyas unnweyth arta. Denvyth ny dheuth dhe igeri an daras ytho hi a skrifas notenn yn skon war damm paper a gavas yn hy thigenn ha'y herdhya yn kist an lytherow, ynno ow pysi Mestres Penntir a bellgewsel orti skaffa galla.

Ha Kerensa war fordh tre, y sonas a-dhesempis hy fellgewsell. Marth a's tevo rag nammenowgh ny wre devnydh a'n dra. Rabmen a grodhvola pupprys, ow leverel bos hy fellgewsell prest marow! An weyth ma, yth esa Gilles Penntir orth hy gelwel.

"Kerensa Karn! Re gevis dha notenn. Prag y fynn'ta kewsel orthiv?"

"Awos ty dhe wodhvos neppyth a vri, Gilles, a-dro dhe vernans Jago Hosket dell ov sur. Pyth ywa?"

"Ny wonn tra a'n mater."

"Martesen nyns yw poran a-dro dh'y vernans. Ytho, a wodhesta pyth o an kedrynn yntra Jago hag Alan Plenkynn?"

"A, henna arta. Da lowr - a-dro dhe venyn o, dell gonvedhav. Ny wonn piw. Alan a wrug derivas dhymm bos neb kedrynn a-dro dhe venyn. Ny wonn yth o an venyn gwreg

Jago po benyn arall. I a gedrynnas yn hy hever - moy ages unnweyth, my a grys. Ny wonn moy es henna."

"Meurastajy, Gilles, meurastajy. Mars eus kov dhis a neppyth moy, pellgows orthiv distowgh, mar pleg. Bysi yw dhyn digelmi an kas seulvegyns!"

Rann Peswardhek

Y'n kevamser, Hwithrer Penntesek re spensa termyn ow kewsel arta orth Janna Davey. Wor'tiwedh, y tiskwedhas dhedhi an taklow kevys yn chi Merywenn. Y'ga mysk, yth aswonnis Janna an skeusenn.

"An den na," yn medh hi, ow powes rag mires orto. "Henn yw Mester Trendlewood ryb Merywenn ha den arall, ny wonn piw ywa. Ymons a-rag boesti neb le." Janna a studhyas yn gluw enep Mr Trendlewood dell gusulyas dhedhi Kerensa Karn. Martesen y fia edhomm dhedhi y dhasaswonn. Ha byttegyns, an skeusenn nyns o pur dhiblans.

"Serjont!" a grias Hwithrer Penntesek. "Gwra kopi a'n skeusenn ma - ha martesen ty a yll hy brashe keffrys."

Janna a viras orth an skeusennow erell. Nyns esa saw onan moy a vri. Honn o skeusenn a Raymond Hosket, tas Merywenn, y hanow skrifys war an keyn. An hwithrer a dhannvonas war lergh an serjont rag kopia an skeusenn ma maga ta.

"A nyns esa karer dhedhi?" a wovynnas Hwithrer Penntesek dhe Janna wosa henna.

"Karer? Dhe Verywenn? Yth esa nebonan, nans yw termyn hir - kyns hi dhe vos dhe'n bennskol. Wosa henna, ny wonn. Bythkweth ny gewsi hi a daklow a'n par na."

"A nyns yw henna tamm koynt?"

"Nyns yw koynt! Yowynka ov agessi. Martesen hi a gewsi orth hy howetha rag leverel dhedha i hy hevrinyow."

"Ha piw o an kyns-karer, ytho?"

"Kreyth. Kreyth o y hanow."

"Hanow koynt!"

"Nyns yw henna y hanow gwir dell dybav saw pubonan a'n gelwi Kreyth. Ny aswonnav y hanow gwir."

"Hag ev a'n jevo kreyth?"

"Ny wonn. Nyns eus kov dhymm a henna. A! Lemmyn y porthav kov a nebonan arall. Yth esa den arall a dho dhe'n chi treweythyow."

"Ha pyth o hanow an den arall ma?"

"Wel, ummm, Jymmi, dell grysav. Yn tevri, henn o y hanow - Jymmi Eva."

"Jymmi Eva. Ha pleth esa ev trigys?"

"Ny wonn vyth oll."

Hwithrer Penntesek a hanasas ha skrifa notennow yn y skriflyver.

"Mir, Janna,' yn medh ev nena, "mir orth an lyther ma. A wodhes ta yn py yeth yth yw skrifys?" Janna a viras yn gluw orth onan a'n lytherow kevys yn chi hy hwoer.

"Wel," yn medh hi yn lent wor'tiwedh, "nyns ov sur saw yma nebes geryow skrifys yn

Spaynek ha'n remenant yw yeth eyndek a neb sort, my a grys."

"Yeth eyndek?"

"Yeth eyndek a Amerika an Dyghow, my a vynn leverel."

"Ha fatell wodhesta henna?"

"Dismyg yw. Ny allav konvedhes ger vyth saw Merywenn a leveris dhymm bos hy lesvamm hanter eyndek ha dell hevel oll hy theylu a gews an yeth."

"Pur dha, meurastajy. Henn yw poran an pyth a leveris dhyn an venyn a Bennskol Tremogh."

Diwettha, ev a dhannvonas Janna gans Harri Nans dhe weles chi Merywenn ha hwilas ynno gidyans a neb sort. Dhe'n lyha, yth esa puppyrs govenek a henna!

Nyns esa an hwithrer yn poynt da: Yth esa drog-penngasenn dhodho, gweth es kyns. Ev a wodhya yn ta praga. Re bia gelwys dhe gevywi, an gorthugher na, ha nyns esa skapya a'n hwarvos. Res o dhodho mos dhe Druru gans y wreg, Penkasta, rag 'omlowenhe' yn chi Pennhwithrer Jenkyn, y vester. Nyns o an hwithrer lowen a henna. Kas o ganso mos dhe gevywiow, yn arbennik kevywiow-ober ha dres henna, gans y wreg. Nyns o marth ganso bos y benngasenn gweth es usadow. An acheson o oll y fienasow. Oll an jydh, re bia ow sugna hwegynnow menta.

Nyns o an hwithrer lowen keffrys drefenn bos fowt a bennfunennow yn kas Merywenn Harvi hag yn kettermyn yn kas Jago Hosket. Nyns o Pennhwithrer Jenkyn pes da vyth oll. An paperyow nowodhow esa ow skrifa taklow drog erbynn an kreslu; taklow kepar ha: 'FYLLEL A WRA AN KRESLU A DHIGELMI AN KAS!' ha: 'KRESLU KELLYS Y'N TEWLDER!'. Hwithrer Penntesek a wodhya yn ta an pyth a lavarsa y bennhwithrer a-dro dhe henna.

Ow kasa Serjont Gover dhe besya hwithra an dhew gas, Hwithrer Penntesek eth tre a-varr rag omdroghya ha chanjya dillas. Ena, fresk yn y wisk gwella, ev a wortas Penkasta. Pupprys yth ombareusi yn lent kyns mos yn mes, hag yn arbennik, kyns mos yn mes gorthugherweyth. Wor'tiwedh, hi a dheuth y'n esedhva, parys. Gwiskys veu yn dillas hir ha strothys, gwyrdh ha rudhwynn y liw. Yth esa lies las a-dro dhe gonna an dillas. Hwithrer Penntesek a vynna leverel dh'y wreg hy bos re goth ha re vorr rag dillas a'n par na. Heb mar, ny leveris ger. Saw brassa o y ankombrynsi hag y anes lemmyn.

Trigys o Pennhwithrer Jenkyn ha'y wreg Olwen yn chi bras ha brav yn Truru. Fethus o an sal, haneth, ha leun a dus. Lies anedha o hwithroryon ha pennhwithroryon ha tus ughella y'n kreslu. Yth esa ena ynwedh an mer ha'n epskop ha dew dhyghtyer arghantti yn mysk tus erell a'n keth par na. Nyns o Hwithrer Penntesek attes vyth oll. Penkasta, y'n kontrari part, o pur lowen. Henn o praga y temmedhsa hi gans Berrdrumm y'n kynsa le! Hi a grysi y'n dydhyow na y savsa ev yn y ober rag mos dhe vos pennhwithrer unn jydh brav. Nyns o hi namoy mar sur a henna. Soweth yth esa hi omma gans Berrdrumm yn le gans hy mab marthys, Sebastyan. Henna a via milweyth gwell! Hi a fias dhiworth tenewen hy gour skwithus rag mos dhe gavoes gwedrennas gwin ha dhe glappya gans Olwen ha nebes a'n benynes erell.

Pennhwithrer Jenkyn a ledyas y hwithrer a-berth yn y soedhva, stevell vyghan dhe benn arall a'n chi ha leun a livrow koth. Y borpos a veu dadhla ganso pols a'n kasow, pell dhiworth skovarnow tus erell. Penntesek a dherivas dh'y vester a'n pyth re dhiskudhsa an kreslu bys y'n eur na.

"Da lowr, Penntesek, da lowr. My a berth kov tamm a'n kas erbynn Archie Trendlewood. Ynporther koffi o saw agan gwesyon a grysi y vos ynporther a daklow erell."

"Taklow erell, Syrra? Py par taklow?"

"Na vydh gokki, Penntesek - kokayn yn sur. Saw nyns esa prov. Ha wosa henna, Trendlewood a vinhwarthas yn hweg orth an

131

diysi y'n lys hag i a erviras nag o ev kablus a'n charj. Pryv yw, Penntesek, hag onan fel. Gwelyn mar kyllyn y sesya an weyth ma ha seweni y worra yn jayl termyn hir. Yma ow thus orth dha weres seulabrys gans an kas arall - an moldrans. Ytho, Penntesek, gwra digelmi an kas ma skaffa gylli! Yma'n poblek ow kwaytya sywyans!"

"Yn sur, Syrra," a stlevas Penntesek, y golonn yn y votasow.

"Splann, Penntesek - deun ha dybri neppyth. Ow gwreg a spenas an jydh oll ow pareusi meur a voes denti ha fantasi rag an kevywi. Res yw dhyn blasa tamm!"

I eth warbarth dhe'n stevell vras mayth esa oll an gevywysi kuntellys ow tybri hag ow klappya. Hwithrer Penntesek a gemmeras plat ha gorra warnodho kemmysk a voes. Wosa henna, ev a assayas dybri. Ny weli Penkasta vyth oll y'n gwella prys hag yndella ev a sewenas dybri hanter an boes war y blat. Yth esa ev owth omwovynn pyth a ylli gul gans an hanter andhybrys pan glewas ev seni y bellgewsell esa yn y boket. Hedra Lynn esa ow kelwel.

"Hwithrer, res yw dhis dos distowgh dhe'n gwithyatti," yn medh hi. "Yma kudynn bras. Neppyth a hwarva a-varra dhe'n venyn na, Kerensa Karn!"

Rann Pymthek

Kerensa Karn a igoras hy daras ha gweles distowgh an maylyer byghan ha gwynn war an strel. Nyns esa stamp warnodho. Yth esa tri lyther moy lesys a-dro y'n hel-entra saw nyns esa an maylyer byghan kemmyskys gans an re erell mes tamm diberthys, nessa dhe'n daras. Kerensa Karn a gonvedhas an pyth esa ynno kyns igeri an maylyer: tamm paper ha warnodho lytherennow re beu treghys a baper nowodhow ha glenys orth an folenn. An geryow o dell syw:

**"BYDH WAR TY VORSARF MELLYA
POKEN KEUDHESIK TY A VYDH"**

Kerensa a boenyas desempis dhe weles hy hentrevoges.

"A wruss'ta gweles nebonan ow mos dhe'm daras?" a wovynnas hi orti.

"Kepar ha'n weyth arall?" yn medh an gentrevoges.

"Poran. Esa nebonan?"

"My a welas an keth person dell grysav. Ty a berth kov a'n pyth a leveris vy kyns? Nyns en sur mars o den po benyn. An keth tra hedhyw. Nebonan a dheuth dhe'th taras, gwiskys yn jins ha kota-kugol du. Ny yllen gweles an enep vyth oll."

"Nebonan bras? Nebonan byghan?"

"Ty a wovynnas orthiv an keth tra an weyth arall. Ny wonn. Na bras na byghan. Na tanow na borr. Nebonan pur gemmyn."
An gentrevoges a hokyas eylenn rag prederi kyns pesya, "Y hylli bos benyn, Kerensa. Nyns ov sur. Mes yth esa neppyth - an vaner a gerdhes, martesen, neppyth benow. Po martesen yth esov ow kokkia!"

"Meurastajy," yn medh Kerensa Karn. Hi eth tre rag pellgewsel orth an kreslu. JoJo Kargeek a gemmeras an messaj a-dro dhe'n lyther-godros hag ev a'n gasas war an raghell rag Hwithrer Penntesek neb o bysi herwydh usadow.

Wosa henna Kerensa Karn a borthas kov a Lella Paynter. Ytho hi eth dhe gavoes an chi rudhwynn, brilu oll a-dro dhe'n daras. Lella Paynter o benyn vras, hy diwglun ledan, hy diwarr hir. Rudh o hy gols hag efan hy minhwarth. Nyns o hi haval vyth oll na dhe Vestres Hosket na dhe Vester Hosket. Parys veu hi dhe vos dhe gyrghes an fleghes a'n skol. Hi a igoras an daras byttegyns, hy dynnargh kuv.

"Deus a-ji. A nyns osta Kerensa Karn?"

"Ov, dhe wir," yn medh Kerensa. "Eus termyn dhis rag kewsel orthiv mynysenn, Lella?"

"Eus. Esedhyn omma y'n gegin. A allav vy gul neppyth ragos?"

"My a vynn kewsel orth dha wour, Lella. My a vynn diskudha an gwiryonedh a-dro dhe vernans dha vroder Jago. Nyns o henna droglamm. My a grys y hwoer Peder neppyth na vynn leverel. Saw res yw dhyn godhvos an pyth a hwarva, a nyns yw gwir?"

"Ty a grys bos Peder kablus a'n moldrans?" a wovynnas y wreg sowdhenys.

"Vyth oll. Ny grysav henna vyth oll. Ev a woer neppyth a-dro dhe'n mater, byttegyns. Henn yw oll. Pyth yw? Henn yw an govynn."

"My a yll govynn orto, martesen," a brofyas Lella. "Avorow y hwrav mos arta dh'y weles y'n klavji."

"Gwra y wul, mar pleg. Hag yn skon. Ottomma ow niverow pellgowser." Kerensa Karn a ros dhedhi hy hartenn. An dhiw venyn eth warbarth bys y'n stret kyns diberth. Y'n kethsam mynysenn, y teuth karr y'n stret ow mos fest yn uskis. Kyns i dhe gonvedhes an pyth esa ow hwarvos an dhiw venyn a veu frappyes gans an karr.

Kerensa Karn a igoras hy dewlagas. Yth esa hi a'y growedh war an kons, payn bras yn hy throes. Yth esa den yowynk ow mires war nans orti hi,

"Re bellgewsis rag gelwel karr-klavji," yn medh ev. "Fatla genowgh?"

"Drog," yn medh hi. "My a'm beus drog bras y'm troes. Osta medhek?"

"Medhek! Nag ov! Yth esen vy ow tos a-dryv an karr a'gas frappyas hag yth hedhis rag agas gweres."

"Meurastajy - Dar! Lella!" Kerensa Karn a welas Lella Paynter a'y growedh rybdhi. "Lella!" a grias hi arta, difun yn tien lemmyn.

"Nyns yw hi marow," yn medh an den yowynk. "Yma pols dhedhi."

"Dhe Dhuw re bo grassys!" a hanasas Kerensa. Hi a assayas omsevel ha koedha arta war leur.

"Na wrewgh henna!" yn medh an den yowynk. "Re wann owgh! Hag yma neppyth terrys martesen. Gortewgh an karr-klavji."

Kerensa Karn a dhallathas ena kyni ha deskerni, mar dynn o an payn yn hy throes.

"Banna dowr?" a wovynnas an den yowynk, prederus.

"Na vynnav, meurastajy. Pyth a welsys, poran? Pandr'a hwarva?"

"Yth esa karr bras a-ragov a dhallathas a-dhesempis uskishe ha ni ow treylya an gornell na. Heb gwarnyans, an karr a yskynnas an kons ha'gas frappyas!   Ev a fistenas dhe ves heb hokya wosa henna."

"Ty a leveris 'ev' - a welsys an lewyer?"

"Ny'n gwelis pur dha mes my a grys y vos den."

"Ha liw an karr?"

"Du. Mercedes du o, my a grys. Du po glas mor-lu."

"Ny wruss'ta merkya niver an karr?"

"Rann anodho - otta, re skrifis an niver omma war ow leuv - BAF 9-. Ny welis an remenant. Nyns esen vy ow mires kyns orth an niver hag a-wosa nyns esa meur a dermyn."

"BAF 9 neppyth - meurastajy arta, dhen yowynk. Hemm yw pur dhe les."   Kerensa a assayas perthi kov a'n niver despit hy faynys.

Son an karr-klavji a veu klewys ow tos wor'tu ha'n le mayth esens. Wor'tiwedh, y teuth y'n stret.   Gans rach i a dhug Lella Paynter a-berth y'n karr wosa hy hwithra yn gluw.   Yn kettermyn i a wovynnas orth Kerensa Karn pyth poran re hwarvia.   Hi a dherivas dhedha an omsettyans gwella galla, ha leverel bos test dhe'n hwarvos, an den yowynk.

"Py den yowynk?" a wovynnas gwas an karr-klavji.

"Dar!   An huni omma genen neb a bellgewsis orthowgh!"

"Nyns eus denvyth omma genowgh marnas an viroryon wovynnus ma ha nyns eus den yowynk y'ga mysk!"

Kerensa Karn a sevis tamm hy fenn rag mires a-dro. Gyllys veu an den yowynk. Nyns esa saw teyr po peder benyn, onan ha gensi flogh byghan, ha dew wour goth kuntellys warbarth rag gweles an darvos.

"Ev a'n jevo karr rudh dell grysav," yn medh Kerensa yn hwann. "My a welas karr rudh a-dryv dhodho y'n fordh." O an den yowynk hunros? Nyns o hi sur namoy.

Mynysenn po diw diwettha dell heveli dhedhi, hi a igoras hy dewlagas arta hag awotta dherygdhi Hwithrer Penntesek.

"Pleth esov?" a wovynnas hi orto.

"Y'n klavji." An Hwithrer a lagattas tamm.

"Y'n klavji?"

"Yn tevri. Nebes askornigow y'gas troes a veu terrys y'n droglamm. Pyth poran a hwarva?"

Kerensa Karn a dherivas orto an assaylyans.

"Eus kov dhywgh ytho a henna oll?" a wovynnas an hwithrer a-wosa.

"Rann anodho hepken. An den yowynk a dherivas orthiv an brassa rann."

"Den yowynk? Py den yowynk?"

"Yth esa den yowynk ena neb a bellgewsis rag gelwel an karr-klavji. Ha my a'm growedh war an kons, pan igeris ow dewlagas yth esa ev ena ow mires orthiv hag ow leverel bos an karr-klavji ow tos."

"Hag ev a welas an dra oll?" An Hwithrer esa ow skrifa y notennow yn y skriflyver.

"Gwelas. Yth esa ev ow lewya y'n karr a-dryv an huni a'gan frappyas. Ev a welas an karr a-rag uskishe ha'gan frappya ha wosa henna mos dhe ves toeth bras."

"Ha'n karr o Mercedes glas-morlu, hwi a leveris?"

"Mercedes glas-morlu po du, dhe wir - BAF 9- neppyth, an niver."

"Pur dha."

"Ha Lella? Fatla gans Lella Paynter, Hwithrer?"

"Difun lemmyn. Y'n gwettha prys nyns eus kov mann dhedhi a'n hwarvos."

"Yw hi shyndys yn sevur?"

"Hi a gnoukyas hy fenn war an kons. Klamderys o hi pols lowr. An vedhogyon, byttegyns, ny grysons bos an damaj sevur, y'n gwella prys."

"Saw ny berth hi kov a dra vyth?"

"Na berth. Dhe'n lyha, ny berth hi kov y'n eur ma. Martesen hy hov a wra dehweles."

139

"Yth esa hi war fordh dhe gyrghes hy fleghes a'n skol. Pandr'a hwer dhedha?"

"Hy fleghes? Hy mamm eth dhe gyrghes an fleghes dell gonvedhav."

"Henna a via da rag hy mamm, dell waytyav," a hwystras Kerensa.

"Ytho, Vestres Karn, hwi a grys bos an karr an keth ha kyns?"

"Sur ov a henna, Hwithrer. An dhew o bras ha glas-morlu po martesen du - ha Mercedes dell leveris an den yowynk. Ny yll bos keslamm!"

"An den yowynk arta! Denvyth ny welas an den yowynk marnas hwi agas honan, Vestres Karn!"

"Ple ma Rabmen? My a vynn gweles Rabmen!" a grias Kerensa, skwith.

Y fistenas klavjiores y'n stevell.

"Henn yw lowr, Hwithrer. Res yw dhedhi powes. Dehwelewgh avorow mars eus edhomm."

Hwithrer Penntesek a omsevis nena a'y anvodh.

"Res yw dhymm mos, Vestres Karn. Avorow ni a wra kewsel a-dro dhe'n mater arta."

"Ottomma medhegneth, Kerensa," yn medh an venyn.

"Piw osta? Osta klavjiores?"

"Ov - Dorothi yw ow hanow," yn medh an venyn. "Ottomma, lonk e yn skon."

"Ha'n medhek?"

"Ev a wra dos ternos. Kosk lemmyn."

"Py eur yw?" a wovynnas Kerensa, ha'y dewlagas ow tegea.

"Hanter wosa naw eur nosweyth."

Kerensa a igoras arta hy dewlagas - hanter wosa naw eur nosweyth? Re gollsa moy es hwegh our! Poes o kroghen hy dewlagas byttegyns ha hi a goskas yn skon.

Nyns o henna hun hweg ha kosel mes leun a hunlevow. Yth esa kerritan du ow nesa a bub tu ha hi stag, ow karma. Yth esa Lella war leur, goesek, hy fenn brywys. Kerensa a welas gwaya diwweus Lella heb klewes geryow vyth. Lella a assayas leverel neppyth dhedhi. Pyth o? Kerensa a welas degea ganow Lella ha Lella dhe verwel. Kerensa a dhallathas usa yn ughel hag yn tynn.

Difunys veu hi ternos gans oll an trosow a-dro dhedhi, trosow an klavji. Klavjiores arall a dheuth dhe ri dhedhi medhegneth moy ha Kerensa a dhiharesas a'n skrijans dres an nos.

"Skrijans? Ny wruss'ta skrija. Ty a goskas yn town dell yw skrifys y'n notennow." Wosa henna, benyn arall a dheuth gans hansel - yos godoemm. Ny's tevo Kerensa nown mann wosa blasa banna byghan.

"Fatla gans Mestres Paynter?" a wovynnas hi orth an glavjiores tamm diwettha.

"Mestres Paynter? Milwell lemmyn. Hi a wra mos tre kyns pell."

"Mos tre? Ny dhegoedh dhedhi mos tre! Re beryllys yw!"

"Hi eth dhe weles hy gour y'n stevell arall. A vynn'ta hy gweles diwettha?"

"Mynnav, mynnav. Res yw dhymm kewsel orti kyns hi dhe vos tre!"

Denvyth ny dheuth dh'y gweles, byttegyns, na hwath an medhek, ha hi a goedhas y'n desper. Wor'tiwedh, wosa li, hi a aspias Hwithrer Penntesek ow tos aberth y'n stevell. Rybdho yth esa Rabmen.

"Rabmen!" a hanasas Kerensa. "Ass yw da dha weles wor'tiwedh!"

"Nyns yw da genev vy dha weles omma, Kerensa," yn medh Rabmen, y enep leun a vinhwarthow. Ev a vynna klewes an hwedhel oll a-dhiworti hy honan. Hwithrer Penntesek a assayas kudha y anperthyans.

"Ytho," yn medh an hwithrer, "yma Rabmen omma rag agas hebaskhe!"

"Ha Lella Paynter?" a wovynnas Kerensa Karn, prederus.

"Hi eth tre," yn medh an hwithrer. "My a vynn mos dh'y gweles wosa kewsel orthowgh."

"Fatell eth hi tre? Ha my a vynna hy gweles. An glavjiores a leveris y hallsen gweles Lella kyns hy dhe vos tre!"

"Ha my a vynna kewsel orti ynwedh!" a grodhvolas Hwithrer Penntesek. "Onan a'y breder a dheuth omma dh'y hyrghes dell hevel."

"Hwithrer Penntesek, kewgh yn skon dhe weles mars usi hi yn poynt da! Yma hi yn peryll, sur ov a henna. Hi a woer neppyth. Martesen ny aswonn may hwoer hi neppyth saw res bos neb tra a vri, my a grys. Nebonan a assayas agan ladha! Ny vynnsons may kewsso Lella orthiv."

Rabmen a skrynkyas ha'n hwithrer a lagattas orti arta.   Wosa mynysenn, ev a leveris.

"Da lowr." Gans henna, ev eth dhe ves heb hokya.

"Pyth a leveris an medhek?" a wovynnas Rabmen.

"I a worras ow throes yn plaster, nyhewer," yn medh Kerensa Karn. "Martesen my ynwedh y hallav vy mos tre avorow - gans dewgroch! Hwath ny welis an medhek arta!"

"Dar! Ha dha elin, a worrsons dha elin yn plaster ynwedh?"

"Gorrsons. Ass yw henna gokki. Y'n gwella prys, yth o ow thenewen kledh a veu frappyes yn le an huni dyghow. Klew, Rabmen,

res yw porres dhis mos dhe weles Peder
Paynter. Lavar dhodho bos y wreg yn peryll ha
govynn orto a'n kedhlow usi ow kudha."

"Ny'm aswonn," a grodhvolas Rabmen.
"Ny assent kewsel orthiv."

"Ny vern. Res yw dhis y denna dhe
gewsel - lavar dhodho nammna verwis y wreg,
de, ha henna a veu y fowt ev!"

Rann Hwetek

Ha Hwithrer Penntesek owth entra arta y'n gwithyatti, y'n gelwis JoJo Kargeek esa a-dryv an desk y'n soedhva boblek.

"Hwithrer, ottomma nebes messajys ragos. Ha Pennhwithrer Jenkyn a vynn dha weles yn y soedhva avorow dhe unnek eur."

An hwithrer a hanasas. Heb mar, y vester a vynna godhvos pygemmys avonsyans re wrussa yn kas Merywenn Harvi. Pyth a ylli kavoes dhe leverel yn y gever? "Ny wrug an kas avonsya mann, Pennhwithrer!" Ny via lowen dhe glewes henna! Res o dhodho kavoes neppyth moy poesek dhe dherivas orth y vester. Saw pyth? Ny wrussons avonsya kammenn vyth yn gwiryonedh yn despit dhe weres Janna Davey.

A'y esedh yn y soedhva, Hwithrer Penntesek a skrifas berrskrif a'n kas. Neb tra esa orth y drobla ynno, neb tra re ankovsa. Ev a redyas yn skon y vessajys ha dalleth skrifa y dherivas rag ri dhe'n pennhwithrer ternos. Dhe'n lyha, ev a ylli leverel dhe'n Penn an pyth re wrussa a-dro dhe'n kas arall, kas Jago Hosket. Ev eth nammnygen dhe weles Mestres Paynter. Nyns o hi pes da dhe weles an hwithrer mes ev a leveris dhedhi bos gwell mayth ella dhe driga yn ken le, pols byghan, poken y fia hy bywnans yn peryll arta. Hi a glewas y gusul ha desempis gans an fleghes hi eth dhe ji hy broder kottha. Hi a via saw ha salow ena dell o hi sur.

A-dhistowgh, y sonas an pellgowser. Yth esa JoJo ow kria orto a'n soedhva nessa.

"Hwithrer Penntesek!"

"Ottavy," a hanasas an hwithrer. "Ha JoJo, my a'th klew alemma - nyns eus edhomm a'n pellgowser! Prag yth esos ow karma?"

"Hwithrer Penntesek," yn medh JoJo arta, y lev le ughel an weyth ma. "Nans yw mynysenn, y kemmeris messaj dhiworth an venyn na."

"Py benyn, JoJo?"

"An venyn na, an skrifyades, pyth yw hy hanow?"

"Mestres Karn?"

"An keth yn tevri. Hwi a leveris kyns, 'na wra ow ankresya, a nyns yw gwir?"

"Gwir. Ha pyth a leveris hi?"

"Herwydh an messaj, hi a leveris: 'Mirewgh yn hy hampervan!'"

Yth esa taw. Wosa lies eylenn, JoJo a wovynnas, "A wruss'ta ow klewes, Syrra?"

"Gwrug, JoJo. Ty a leveris, 'Mirewgh yn hy hampervan' a nyns yw gwir?"

"Gwir, Syrra."

"Meurastajy, JoJo."

Kampervan Merywenn Harvi, pleth esa? Ny'n gwelsons ryb hy chi. Ny'n gwelsons yn le vyth. Ny'n hwilsens na hwath. An hwithrer re ankovas bos kampervan dhedhi, henn o an gwiryonedh... Ha lemmyn an venyn Karn a borthas kov anodho. Hwithrer Penntesek eth y'n soedhva boblek. Nyns esa denvyth marnas JoJo ena.

"Gwra galow ha pysi an soedhogyon oll a hwilas an kampervan, JoJo."

"Fatell yllons y aswonn, Syrra?"

Hwithrer Penntesek eth dhe hwilas kedhlow a'n kampervan.

"Ottomma an niver-kovskrifa a gevis yn hy faperyow. Kampervan koth VW yw, pymp bloedh warn ugens! Ha loes y liw. JoJo, lavar dhymm kettell vydh kevys, mar pleg."

"Heb mar, Syrra. Yth av tre lemmyn."

"Ytho, lavar dhe Hedra - Hedra yw neb a wra kor an nos haneth, a nyns yw gwir?"

"Yw. Hedra a vydh omma kyns pell."

"Lavar dhedhi ytho bos res ow gwarnya kettell vydh nowodhow a'n kampervan. Ny vern py eur yw. Yw henna kler?"

"Pur gler, Syrra."

"My a wra mos tre desempis, JoJo. Gorta omma erna vo Hedra devedhys."

Hanter wosa hwegh eur myttin, y sonas pellgewsell an hwithrer hag esa war an voes ryb y weli. Ev a dhifunas yn lent ha kemmeres an jynn byghan ha trosek.

"Penntesek," a hwystras, hwath hanter yn kosk.

"Ottomma Hedra Lynn, Hwithrer. Harri Nans a gavas an kampervan. Nyns yw pell alemma, ogas dhe'n bal war an alsyow. Pyth a vynn'ta dhe wul ganso?"

"Res yw dhyn hwilas ynno skaffa gyllyn. Lavar dhe Harri ma'm gorto ena. Ha, Hedra, kav an alhwedh yn mysk taklow Merywenn Harvi, mar pleg. Ymons yn sagh plastek yn ow soedhva. My a wra dos dh'y gavoes kyns mos dhe'n bal."

Hwithrer Penntesek a omsevis hag ev ow kewsel ha lemmyn ev a wiskas yn skon y wiskas soedhogel ha poenya dh'y garr. Kowas ha hanafas te a via da saw nyns esa termyn dhe gelli ha dres henna ny vynna difuna Penkasta ow kul tros. Sorr Penkasta nyns o plegadow dhe dhos er y bynn hag yn arbennik, myttin a-varr!

Devedhys dhe'n bal, y kavas an hwithrer y soedhek Harri Nans a'y esedh yn y garr ow redya paper nowodhow.

"Wor'tiwedh," yn medh ev ha'n hwithrer ow tos nes. Fresk o ayr an myttin hag yth esa gwyns krev ow hwytha dhiworth an morrep. Nyns o Harri pur doemm nag yn mes a'y garr nag a-berth ynno. I a igoras daras an kampervan gans rach. Nyns esa denvyth ynno ha byttegyns, i a welas bos puptra hwymm hwamm, treylys an pyth a-wartha dhe woeles, hag yth esa olow goes war leur.

"Gwra gelwel para SOCO mar pleg!" yn medh an hwithrer dhe Harri. "Res yw dhyn hwithra an kampervan yn tynn! Gwra gelwel gweres keffrys."

"Ha'n bal, Syrra? Eus edhomm hwithra an bal maga ta?"

"An bal! Dar! Piw a woer? A grysydh hy bos ena?"

"Martesen, Syrra. Henna a via kudh da!"

"Deun ha gweles ytho!" I eth warbarth bys dhe'n bal. Terrys veu an shafta ha yndella i a ylli mires ynno war vleyn an dhewdroes.

"Ny welav tra," yn medh Harri.

"Eus nebonan ena?" a armas an hwithrer yn ughel, ha goslowes. Nyns esa tros mann.

"Hi a ylli bos marow ena y'n downder!" yn medh Harri Nans.

"Res yw dhyn mos dhe hwilas, dhe'n lyha." Hwithrer Penntesek a boesas yn rag heb gweles gwell rag henna.

"Bydh war, Syrra," a grias Harri. "Peryllus yns i, an balyow koth ma."

"Gwren ni gortos gweres, ytho, Nans. I a vydh omma kyns pell."

Dew our diwettha, yth esa an hwithrer ha Harri Nans a'ga esedh y'n gwithyatti owth assaya igeri jynn-amontya. Ha'n para SOCO ow hwilas y'n bal, re gavsons jynn-amontya byghan maylys y'n saghow plastek. Y'n gwettha prys, yth esa kodenn dhe dhismygi kyns entra a-berth yn kevrinyow an jynn.

"Pyth a assaysys bys y'n eur ma?" a wovynnas an hwithrer orth Harri, ow kelli perthyans.

"Hy hanow, Syrra, hy oes ha'y fenn bloedh. Wosa henna, hanow hy thas ha'y hwoer ha'ga fenn bloedh ha taklow erell a'n par na. Eus tybyans dhis?"

"Hy thrigva?"

Harri a jynnskrifas yn uskis hy thrigva 'anskolgothgwig' y'n jynn. Nyns o henna.

"Hanow Jago Hosket?" a brofyas arta an hwithrer. Nyns o henna. I a assayas unn po dew dra moy heb chons. Wor'tiwedh, y hanasas an hwithrer ha leverel: "Martesen nyns yw hy jynn-amontya hi, ytho. Y tal dhis mos tre ha koska, Nans. Oll an nos yth eses owth oberi."

"Ny'm deur, Syrra. Gas vy dhe besya tamm gans hemma. Sur ov vy bos an jynn-amontya ma dhedhi hi, ytho, martesen my a wra mos dhe dhybri hansel ha wosa henna, dastalleth, kostrel a goffi du rybov."

"Mar mynnydh y wul, Harri, meurastajy. Ke dhe dhybri, ytho!"

Harri Nans o an gwella gwithyas y'n gwithyatti ha'n moyha skentel. Hwithrer Penntesek a wodhya bos bras aga fortun

150

mayth esa Harri y'n para. Hir, teg ha moen, Harri a heveli tamm orth an yowynka Hwithrer Penntesek y honan; dhe'n lyha, henn o an pyth a dybi an hwithrer, po martesen Harri a heveli orth an mab a vynnsa an hwithrer y gavoes. Y'n gwella prys, ny heveli Harri Nans vyth oll orth Sebastyan, y els, dhe Dhuw re bo grassyes.

Yth esa unn dra, byttegyns, na blegya dhe'n hwithrer ha henn o an gadon yntra Harri Nans ha Hedra Lynn. Moy po le an keth oes ha'n dhew anedha yowynk ha skentel, Harri ha Hedra o kowetha dha - hag a henna yth o an hwithrer fest avius.

An jydh na, Hedra res eth tre a-varr wosa hy thor-nos. Ytho, ow leverel neppyth yn skon dhe JoJo Kargeek esa arta war dor an jydh, Harri a fistenas dhe'n koffiji "An Loer Las". Ena, yth erghis hansel leun a oyow, bakken, selsig, avalow-kerensa, patatys friys ha kals kras, oll a henna dowrys gans pottas te krev. Wosa dybri hag eva, Harri a akwityas an reken hag ow minhwerthin orth an vowes esa owth oberi y'n koffiji, Harri a's pysis a lenwel y gostrel a goffi du ha krev ha gorra meur a sugra ynno.

"Res yw dhymm pesya oberi," yn medh ev, "heb koska."

An vowes a'n aswonnis a vinhwarthas ynwedh ha hi ow ri an kostrel leun dhe Harri.

151

"Tann," yn medh hi. "Ro a'n chi! Gwra prederi ahanav ha ty owth oberi!"

"Gwrav!" yn medh ev, ow kemmeres y gostrel hag ow kwynkya orti. Gans henna y tehwelis dhe'n gwithyatti ha dhe'n jynn-amontya.

Rann Seytek

A'y growedh yn gweli an klavji, Kerensa Karn a's tevo termyn lowr dhe brederi a'n dhew gas. O hemma dew gas yn gwiryonedh? Henn o an kynsa govynn. An kreslu a grysi bos Merywenn Harvi kablus a ladha Jago Hosket, dell heveli. Sur o Kerensa, byttegyns, nag o henna gwir. Ny ylli hi marnas gogoska dres an nos awos bos payn yn oll hy horf ha'n gweli re gales. Yn kres an nos, hi a borthas kov dhesempis a'n kampervan. Pleth esa? Denvyth ny'n gwelsa nans o termyn ha honn o koyntys.

An jydh a dardhas dergh ha Kerensa a assayas pellgewsel orth an hwithrer saw nyns esa gorthyp. Wosa dasassaya a dermyn dhe dermyn dres an jydh, hi a bellgewsis orth an gwithyatti y honan rag gasa messaj. Henna a veu an messaj a gemmeras an hwithrer ow tochya an kampervan. Kerensa Karn a wortas yn hy gweli rag godhvos an sywyans ha rag gweles Rabmen.

Rabmen, y'n kevamser, yth esa ow kerdhes y'n dre kyns mos dhe'n ober. Ev a brederi a'n keskows yntredho ev ha Peder Paynter y'n klavji. Nyns esa Peder Paynter yn poynt da, henna re bia kler, ha ny vynna Peder kewsel orth Rabmen, den na aswonni mann, kler re bia henna keffrys. Rabmen, ow sywya kusul Kerensa, re lavarsa dhodho bos y wreg yn peryll. Wosa goslowes orth Rabmen pols, liw enep Peder Paynter a dheuth ha bos kepar ha lusu. Ev a bysis Rabmen a vos dhe weles y wreg ha'y herdhya dhe fia a-dhistowgh gans an fleghes dhe ji hy mamm po dhe neb le arall a salowder.

Yndella y hwarva an taklow hag a-wosa, kellys ow nedha tybyansow, marth bras a'n jevo Rabmen dhe glewes garmow hag usow yn y ogas. Ev a dreylyas hag a welas dew dhen owth omladh y'n stret a-rag dhe'n spisti. Yth esa bagas byghan a viroryon oll a-dro ha lemmyn tus erell a dhallathas garma kekeffrys. Rabmen a dheuth nes ha govynn orth nebonan an pyth esa ow hwarvos. Benyn rybdho a leveris dhodho:

"Henn yw Tas Plenkynn - arta ow kronkya neb anfeusik."

Ow klewes an hanow na, Rabmen a wovynnas orth an keth venyn:

"Yw henna tas Alan?'

"Yw, heb mar. Piw ken? Ev a'n jeves gnas arow, an den na, pubonan a woer henna!" An venyn a hanasas ha mires a-dro dhe'n stret. "A, ottomma y wreg ow nesa, an druan. Martesen hi a yll gul neppyth kyns an kreslu dhe dhos."

Mestres Plenkynn, an venyn danow ha
prederus na, a grias war hy gour heb sewena.
Wosa pols, Rabmen a erviras entra yn kylgh an
dus hag a-dhistowgh y kronkyas ev Tas
Plenkynn war an elgeth. Mester Plenkynn a
leskas, eylenn, kyns koedha dhe'n leur. An
den arall a syghas y dal gans y vreghel, ow
treylya wor tu ha Rabmen ha leverel yn kott:

"Meur ras." Wosa henna, ev eth yn uskis
dhe ves.

Y'n kevamser, yth esa Mestres Plenkynn
ow klybya enep hy gour gans kweth ha dowr
res dhedhi gans an spiser.

"Pandr'a hwarva?" a wovynnas Rabmen
dhe nebonan arall.

"Avel tan, henn yw Plenkynn," yn medh
den koth.

"Oll a henna awos y vab," yn medh ken
den. "Alan a dal arghans dhe'n den na." Ev a
dhiskwedhas gans y vys ol an den neb eth dhe
ves. "An den truan a vynna godhvos p'eur fia y
arghans attylys ha heb gwarnyans, Tas
Plenkynn a dhallathas y gronkya!"

"Ha piw o an den truan, ytho?" yn medh
Rabmen, govynnus.

"Ny wonn," yn medh an den. "Nowydh
yw omma dell grysav."

Rabmen a dreylyas dhe vos dhe ves.
Kyns ev dhe vos pell, byttegyns, nebonan a
hwystras a-dryv dhodho:

"My a aswonn hanow an den na! Henn yw Jori Penntir!"

Pols byghan wosa henna, y teuth nebonan arall dhe'n klavji dhe weles Kerensa Karn - Janna Davey.

"Ny wodhyen agas bos y'n klavji!" yn medh hi, trist. "Ena, y hwelis an gwithyas kres na, an onan yowynk ha teg. Ev a dherivas dhymm bos droglamm dhywgh!"

"Ny vern, ny vern," yn medh Kerensa Karn. "Eus nowodhow?"

"Nag eus. An kreslu a gavas hy hampervan saw nyns esa hi ynno."

"A nyns esa pennfunennow ynno?"

"Ny wonn. Ny vynnons leverel travyth dhymm!"

"Res yw dhymm mos dhe stevell arall y'n klavji rag kewsel orth nebonan. A yll'ta gul gweres dhymm, Janna?"

"Gallav. Mes fatell?"

"Gwra kyrghes kador-ros - yma nebes a-dro, dell grysav. Ty a wra ow herdhya dhe stevell an wer!"

"Stevell an wer! Owgh hwi sur?"

"Sur, heb mar. Ha lavar 'ty' dhymm, Janna!"

Yndella ytho i eth warbarth dhe weles Peder Paynter. Y fismant o euthyk - loes hag anyagh - yth heveli dhedha y vos hwath den pur glav. Difun o, byttegyns.

"Meurastahwi a sawya ow gwreg a'n fellyon na," a hwystras Peder, ow hwilas minhwerthin.

"Otta Janna Davey," yn medh Kerensa Karn. "Hy hwoer yw Merywenn Harvi. A aswonnydh an hanow na, 'Beder?"

Peder Paynter a viras orti ha wosa henna orth Janna. Ny leveris ger.

"A aswonnydh an hanow na?" a wovynnas Kerensa Karn arta, gans terder an prys ma.

"Aswonnav," a hwystras an den y'n gweli.

"Fatell ...?" yn medh Janna, bras hy marth.

"Lavar dhyn yn skon an pyth a wodhes, 'Beder," a erghis Kerensa Karn dhodho. "Kybys veu Merywenn nans yw dydhyow hag yth eson ni oll orth hy hwilas. Hi a vydh martesen marow kyns pell heb gweres."

Dewlagas an den a dhegeas pols. Ena, yth anellas yn lent, ow hwystra:

"Da lowr." Hag yn lev nag o krev ev a dherivas dhedha fatell ros y vroder dre lagha, Jago Hosket, arghans dhodho dhe witha pols, myns pub peswar po pymp mis. "My a grysi bos henna y arghans ev, y'n kynsa le: Arghans a neb ober kevrinek martesen, a'n varghas dhu po neppyth a'n par na. Saw diwettha, ev a gyfias orthiv bos hemma arghans a nebonan arall, neb kowethes henwys Merywenn Harvi. Res o dhe Jago gwitha an arghans bys pan vynna hi ev dh'y dhaskorr dhedhi."

"Prag y ros Jago an arghans dhiso jy?" a wovynnas Janna orto.

"Drefenn y vos demmedhys ha ny ylli kudha an arghans yn ta."

"Ty ynwedh, yth osta demmedhys," yn medh Kerensa Karn.

"Nyns yw an keth tra. Annik o an huni a restras oll an taklow arghansek. Hy a welsa an arghans na y'ga akont."

"Da lowr. Ytho, unn jydh ev a vynna ty dhe dhaskorr an arghans?"

"Poran."

"Ha ty a ros chekkenn dhodho?"

"Poran."

"Heb leverel travyth dhe'th wreg?"

"Poran!" Peder Paynter a hanasas yn town ha degea y dhewlagas arta, skwith. Wosa pols, ev a leveris: "Fatell yw an taklow gans Lella? Usi hi yn poynt da lemmyn?"

"Usi," yn medh Kerensa Karn. "Hi eth gans an fleghes dhe ji hy broder kottha. Ena y fydhons saw ha salow."

"Gwayt may fo henna an kas!" a hwystras an den klav.

"Ha Merywenn Harvi," a besyas Kerensa. "A wodhesta ple ma hi lemmyn?"

"Fatell wonn vy le may ma hi?   Ny's aswonnav!"

"Ytho, prag yth esa edhomm dhedhi a'n arghans na? A wodhesta henna?"

"Na wonn! Na wonn!"

"Nyns eus skeus a dybyans dhis yn y gever?"

"Wel, piw a woer? Jago a leveris dhymm neppyth a-dro dhe 'negys'."

"Negys?"

"Neppyth skeusek dell wogrysav."

"Glanheans-arghans, ty a vynn leverel? Po neb negys a'n varghas dhu?"

"Ny wonn. Jago ny leveris saw 'neppyth ow tochya Amerika an Dyghow' - neb kudynn ena, dell grysav, neppyth a'n par na."

"Ha nyns eus kov dhis a voy es henna?"

"Nag eus.   Travyth oll.   Skwith ov lemmyn. Koska a vynnav." Y dhewlagas a dhegeas unnweyth arta.

"Kosk yn ta, 'Beder," yn medh Kerensa Karn, skwith hi ynwedh. "Janna, herdh vy arta dhe'm gweli, mar pleg."

Arta yn hy gweli, Kerensa a wodhya nag esa termyn dhe gelli, nag esa termyn rag koska.

"Janna," yn medh hi, "Gwra kavoes hanafas te ragon. Yma jynn neb le ogas dhe'n jynn-yskynna. Otta an mona. Gorr sugra y'm hanaf vy, mar pleg! Yma edhomm dhymm a grefter!"

Janna eth dhe ves hag a-dhistowgh, Kerensa Karn a gemmeras hy fellgewsell.

"Rabmen!" yn medh hi. "Rabmen, re gewsis orth Peder Paynter nans yw mynysenn. An arghans na o arghans a witha Jago a-barth Merywenn Harvi. Ev a leveris neppyth ow tochya 'negys' hag Amerika an Dyghow - neb negys skeusek dell grys Peder. Yma Janna omma genev. Yma hi ow prena hanafas te ragon y'n eur ma mes hi a vydh omma arta kyns pell. A wodhesta hwath dhe biw usi an karr na?"

"Yma an karr kovskrifys yn hanow Roger Daltrey!" yn medh Rabmen. "Py par ges yw henna?"

"Heb mar! Gwra palas tamm pella ha deus dhe'm gweles skaffa gylli."

Ha Kerensa ow korra an pellgewsell arta yn hy thigenn, y teuth Janna gans dew hanaf plastek leun a de.

"Yma ober dhe wul!" a hanasas Kerensa, owth eva hy the.

"Pandr'a allav vy dhe wul?"

"Ke dhe'n lyverva ha hwithra taklow ow tochya an henwyn ma," yn medh Kerensa, ow skrifa war damm paper. "Ha kyns henna, y fia martesen tybyans da ty dhe vos dhe dherivas dhe'n hwithrer an pyth a leveris Peder Paynter dhyn."

"Yn sur my a wra gul henna," yn medh Janna druan.

"Ha deus dhe'm gweles arta, wosa henna, gans an pyth a dhiskudhydh a'n dus ma. Kemmer taksi. Eus arghans lowr dhis?"

Hi a ros £20 dhe Janna na vynna y gemmeres y'n kynsa le. Wor'tiwedh, hi eth dhe ves, ow kasa Kerensa Karn hy honan gans hy frederow y'n stevellik. Hir lowr o an jydh rag braga kedhlow.

Rann Etek

Yth esa Harri Nans ow mos mes a'n gwithyatti wosa myttin hir owth omladh yn euver erbynn an jynn-amontya pan dhyerbynnas Janna Davey y'n treudhow.

"Mestresik Davey, durdadhehwi!" yn medh Harri, yn kortes, ow minhwerthin orti.

"A, Soedhek Nans!" yn medh Janna, bras hy marth. Hy enep a rudhas tamm. "A ny oberowgh nosweyth dell yw usys?"

"Oberav. Henn yw gwir. Saw yth esa kemmys dhe wul nyhewer! Ottavy ow kasa an ober yn helergh wosa ouryow a wordermyn!"

"Soweth! Usi an Hwithrer omma, Soedhek Nans?" a wovynnas Janna. "My a vynnsa godhvos an pyth a hwer yn kas ow hwoer. Eus nowodhow vyth oll?"

Harri Nans eth gensi y'n soedhva boblek rag govynn orth JoJo pleth esa Hwithrer Penntesek.

"Ny dheuth hwath an hwithrer," yn medh JoJo Kargeek. "Ny wonn usi ev tre po gyllys dhe sywya pennfunenn a neb sort."

Harri a brederis pols ha wosa henna profya:

"A vynnowgh dos genev, Mestresik Davey, rag eva hanafas koffi? My a yll derivas dhywgh an pyth a hwarva bys y'n eur ma."

"Mynnav, heb mar - ha gwra ow thyas, mar pleg! Ow hanow yw Janna dell wodhes."

"Wel, Janna, nyns esov y'n ober lemmyn ytho galw vy Harri!"

I eth warbarth dhe goffiji byghan pell a'n gwithyatti hag ogas dhe'n porth koth. Nyns esa saw boghes tus ynno.

"Pandr'a vynn'ta dhe eva, ytho?" a wovynnas Harri.

"*Cappuccino* mar pleg mars yw henna possybyl!"

"Eus *Cappuccino*?" a wovynnas Harri orth an venyn goth ow servya.

"*Cappuccino*! Pyth yw henna? Koffi italek a neb sort?" yn medh hi, ow talgamma. "Yma koffi fresk a'n jynn-koffi-sidhlys. Ny'gan beus jynn-espresso omma."

"Ytho, koffi bras gans leth, mar pleg," yn medh Janna ow minhwerthin, "ha diw loas sugra."

Dherag an koffiji, yth esa moesow a-dal an kay. Yth esa an howl ow splanna ha Harri a ledyas y gowethes bys dhe'n voes pella may hallens keskewsel yn privedh.

"Res yw dhis godhvos y'n kynsa le bos kevys kampervan dha hwoer, Janna." yn medh Harri.

"Esa hi ynno?"

"Nag esa. Ny gevsyn ol vyth anedhi, soweth. Ha byttegyns, ni a gavas hy jynn-amontya kudhys down yn shafta-bal yn ogas. Re spenis an myttin oll owth omladh rag gul dhodho gweytha arta. Ny allav dismygi an ger-alhwedh rag y igeri. Eus tybyansow dhis a-dro dhe henna?"

Janna a shakyas hy fenn ow leverel:

"Tybyans mann."

"Os sur? Poesek yw ni dhe igeri an jynn-ma."

"Wel, ny wonn. Ty a allsa assaya 'KREYTH 1902' martesen."

"Pandra? 'KREYTH 1902'? Pyth yw henna?"

"Kreyth o hanow hy heryas nans yw termyn hir ha'y bennbloedh yw an 19ves a vis Hwevrer! Hi a gara gul devnydh a henna treweythyow avel ger-alhwedh drefenn y vos kales dhe dhismygi!"

"Henn yw gwir!" a grias Harri ow skrifa an godenn yn uskis yn y skriflyver. "Gas vy dhe bellgewsel dhe'n gwithyatti, mynysenn."

"O! Nammnag ankevis leverel dhis an pyth a dherivas Peder Paynter dhe Vestres Karn, a-varra."

"Peder Paynter? Ev a gewsis dhe Vestres Karn!" Marth bras a'n jevo Harri dhe glewes henna. Janna a dherivas dhodho oll an pyth a leveris Peder Paynter a'n arghans ha Harri a skrifas notennow uskis kyns pellgewsel orth an gwithyatti. Drefenn nag esa hwath Hwithrer

Penntesek yn y soedhva, Harri a asas gans JoJo messaj a-dro dhe'n ger-alhwedh ha'n arghans. "An hwithrer y honan a yll hwithra an jynn lemmyn," yn medh Harri dhe Janna.

"Pyth a waytyowgh kavoes y'n jynn-amontya? Sur ov na assons messaj, an dus a's kybyas hi, poken i a wrussa dannvon neppyth moy kyns lemmyn."

"Yn sur saw martesen y fydh pennfunenn a neb sort, gidyans a'n pyth a hwarva po ken tra. Piw a woer? Res yw dhyn hwithra henna skaffa gyllyn."

"A ny yll'tejy mos distowgh dhe hwithra an jynn, ytho, ty dha honan?"

"Na allav, y'n gwettha prys, Janna. Re worfennis dewblek ow thor-ober lemmyn. Res yw dhymm mos tre dhe goska kyns dastalleth diwettha."

"Meurastajy, Harri, a'n koffi. Ha pellgows orthiv mar pleg kettell vo kedhlow kevys yn hy hever."

Harri Nans a viras orti yn kuv. Mowes pur yowynk o ha fest teg hy dewlagas las ha'y fisment mar drist. Y golonn a lammas yn skav.

"Kettell vo nowodhow y pellgowsav orthis ha henn yw ambos," yn medh ev ow minhwerthin orti yn hweg hag i ow tiberth. Den o ev hag yth esa hwans bras dhodho a'y difres.

165

Janna eth distowgh wosa henna dhe'n lyverva rag hwilas y'n kesroesweyth an henwyn res dhedhi gans Kerensa Karn. Hi a vynnsa leverel neppyth a henna dhe Harri y'n koffiji saw an geryow leverys gans Kerensa Karn a sonas yn hy fenn:

"Gwra henna ragov vy ha rag dha hwoer, heb ger vyth dhe biwpynag."

Rann Nownsek

Y'n kevamser, yth esa Hwithrer Penntesek a'y esedh a-rag an jynn-amontya byghan owth assaya diskudha y gevrinyow. An ger-alhwedh res dhodho gans JoJo o an huni ewn hag ottava lemmyn ow mires orth enep an jynn igerys mar kalla kavoes ena awen. An kudynn y'n kynsa le o dell syw: ny wodhya an hwithrer meur yn kever jynnow-amontya. Ev a igoras ha redya yn skon pub restrenn. Y kavas lytherow dhe'n arghantti rag chanjya hy thrigva, divers lytherow a'n keth sort na hag ynwedh dew lyther dhe nebonan dihanow skrifys yn yeth ankoth dhodho.

Py yeth a allsa honna bos? Nyns o na Frynkek nag Almaynek, ev a aswonni an yethow na - po, dhe'n lyha, yth esa kov tanow dhodho a'y dhyskansow-skol: neb unn Madama Dufour a dheuth dhe spena blydhen yn y skol rag dyski hy yeth dhe'n skolheygyon anvodhek. Ev a dhyskas leverel "*Bonjour*" ha "*Merci*", ev a dhyskas omsevel pan leveris hi "*Levez-vous*" hag omsedha ha hi ow leverel "*Asseyez-vous*" ha henn o moy po le oll. Y dhyskansow yn Almaynek o tamm gwell. Yth esa Herr Daun trigys yn y dreveglos ha rag termyn, y vamm o kowethes Frau Daun. Ev a dhyskas lavarow sempel ow kwari gans an fleghes Daun.　Yndella, ev a sewenis y'n apposyansow Almaynek hag y'n jeva y Almaynek Nivel 'O', bras y varth!　(Y'n dydhyow na, nyns esa GCSE mes Nivelyow 'O'.)

Heb gorthyp dh'y wovynn, ev a besyas hwithra an restrennow. Yth esa rol a gostow - a'y daffar dhe wertha dell heveli dhodho. Nyns o henna dhe les. Esa ebostow dhedhi? Ev a hwilas 'yn-kist' dhe igeri heb kavoes onan.

"JoJo!" a armas dres an daras igor. "Usi Hedra omma hwath?"

Hedra, re dhodhya dhe'n ober a-varr, esa y'n soedhva boblek ha hi a glewas y lev ha hi a dheuth yn unn boenya.

"Pandr'a hwer, Hwithrer?"

"Ny gonvedhav tra mann a'n jynn ma! A yll'ta gweles mar pleg mar pe ebostow neb le?"

Hedra a vinhwarthas heb leverel ger hag esedha a-rag dhe'n jynn-amontya byghan y'n soedhva an hwithrer mayth esa mell an kesroesweyth. Nyns o an gwithyatti arnowydh lowr rag kavoes hwath mell 'WiFi'. Hwithrer Penntesek a viras orti.

"Yma hy ebostow yn Hotmail," yn medh Hedra wosa pols.

"Ger-alhwedh arta!" a grodhvolas an hwithrer.

"Nyns eus kudynn," yn medh Hedra yn kosel.　"Hi a sawyas hy ger-alhwedh Hotmail y'n jynn-amontya."

Yth esa dew ha tri-ugens ebost yn hy "yn-kist'.   Hanter anedha o atal dell welas Hedra distowgh.

"Ro dhymm ugens mynysenn, Hwithrer," yn medh hi. "My a vynn redya an ebostow a vri ha gwelyn an pyth a gevyn!"

Hwithrer Penntesek a vynna gortos rag mires orti ha hi owth oberi saw nyns esa termyn dhe gelli.   Ytho, ev eth dhe soedhva Serjont Gover (galsa yn mes) rag gorfenna bern bras a baperweyth ha pellgewsel orth tus a asas messajys kyns. Martesen, mar nyns o re vysi, ev a ylli gelwel Hedra dhe dhybri baramanynn ganso, prys kinyow.   Assa via henna plesour!

Pymp mynysenn a-wosa, yth esa galow pellgows dhiworth teythyoges - Mestres Bosveal hy hanow dell leveris hi wor'tiwedh.

"Pyth yw an kudynn, Madama?" a wovynnas an hwithrer, yn kortes.

"Riga ve gwelez neppyth!" a hwystras an venyn, benyn goth herwydh semlans hy lev.

"Ha pyth a welsowgh, Madama?"

"An vowes na. Riga ve gwelez an vowes na! Ew hye marow? Reeg anjey kewsall y'n bellwolok hedhyw vyttin yn hy hever.   Reeg anjey leverall nag era ol anedhi."

"A vynnowgh dos omma dhe'n gwithyatti rag derivas dhyn an pyth a welsowgh, Madama? Res yw dhywgh gul derivas skrifys."

"Moaz the'n gwithyatti? Na allama geel hedna! Hedna 'veea truedh dra!"

"Truedh dra, Madama? Pandr'a vynnowgh dhe leverel? Henn yw an pyth a wrer."

"Na allama doaz! Anjey ra gwelez martesen."

"Piw yns *i*, Madama?"

"Piw yns *i*? *Anjey! Anjey* 'woer!" Hwithrer Penntesek a hanasas.

"Leverewgh dhymm pleth owgh trigys, Madama. My a dheu dh'agas gweles hwi."

"Pelea era ve trigys? Nag ew salow leverall an taklow ma y'n pellgowser."

"Madama, a vynnowgh gweres an vowes truan? Leverewgh dhymm hanow agas stret."

"Menehay," a hwystras an lev.

"Ha niver an chi?"

"Krowji Krowswynn ew - nag ez niver - 'ma y'n bargen-tir." An lev a dheuth ha bos mar wann skant na ylli an hwithrer klewes an pyth a leveris.

Ytho, ow kasa remenant an baperweyth ha keffrys an hunros a dhybri kinyow gans Hedra, Hwithrer Penntesek a fistenas yn mes a'n gwithyatti wosa skrifa hanow ha trigva an venyn war damm paper rag JoJo.

Bownder Menehay o fordh gul a-ves dhe'n dre yn ogas dhe'n alsyow. Krowji Krowswynn o chi byghan ha fest koth gwrys oll a wrowan ha kudhys a-dryv skiber vras yn garth bargen-tir. Kyns ev dhe gnoukya, nebonan y'n chi a igoras an daras heb son. Hwithrer Penntesek a dhiskwedhas y arwoedhik soedhogel hag entra a-berth y'n krowji, ow leverel y hanow.

An daras a veu deges yn skon war y lergh hag ena ev a welas y ostes. Mestres Bosveal o yn gwiryonedh benyn goth, byghan kepar ha logosenn, ha kudhys a-dryv diwweder gowrek. Hy fenn ha'y diwskoedh o maylys gans lenn a neb sort mayth o kales leverel poran pyth o hy fisment.

"Leverewgh dhymmo, Mestres Bosveal, pyth a welsowgh, ytho," yn medh an hwithrer arta, owth assaya mentena y berthyans.

"Omma, ena, thera mowes, me a ..." a hwystras hi, ankler. Wosa henna, hi a leveris neppyth moy, ankonvedhadow yn tien.

"Mynysenn, Madama," yn medh Hwithrer Penntesek, "gwrewgh derivas an pyth a hwarva, yn lent, mar pleg dhywgh. Res yw dhymm gul notennow."

Troen an venyn goth a skwychyas.

"Notednow?" yn medh hi, leun a wogrys.

"Notennow. Ytho, p'eur hwarva henna, Madama?"

"Nans ew seythun martesen."

"Prag na dheuthewgh ha pellgewsel orthyn kyns, ytho?"

"Own! Own bras! Mownz meerez!"

"Ha piw yns i, Mestres Bosveal?"

"Teeze - gwer!"

"Esa lies anedha?"

"Dew! Tri! Na wonn."

"Ha'n vowes - hwi a welas an vowes?"

"Theranz orth hy draylya! Na vynna hye moaz gansa! Riganz hye degi bys dhe benn an vownder wor'tiwedh."

"Ha wosa henna?"

"Na wonn - na riga ve gwelez."

"Ha pleth esa an vowes kyns hemma?"

"En chye. Ena en chye."

"Esa hi yn poynt da po klav po shyndys vyth oll?"

"Na wonn. Anjey a welas an kye. Riganz y ladha! Reeg an mab ladha an kye!"

"An mab a ladhas agas ki? Py mab?"

"Nag ew, nag ew ow hye. An truan, thova kye an bargen tir."

"Fatell ladhsons an ki?"

"Gen kullan lebm! Thera y gorf hwath ena dadn an perthi!"

"Dhe biw yth yw an bargen tir ma?"

"Na wonn. Reeg Jori Annear merwel nans ew polta. Ez noy? Na wonn. Na wela ve denvyth."

"Saw unn jydh hwi a welas nebonan."

"Kyns an jydh na, riga ve gwelez an vowes dhe'n fenester - moy es unnweyth."

"Pyth esa hi ow kul?"

"Thera hye meerez. Martesen frappya orth an gweder. Na wonn. Na riga ve vri. Saw nena riganz doez rag hy hyrghez. O hye klav? Na wonn. Anjey ladhas an kye. Messaj o hedna ragov ve!"

Hwithrer Penntesek a skrifas yn len an pyth a dherivas hi yn y skriflyver heb y gonvedhes yn ta ha heb bos sur mars o ewn dh'y grysi. Dell heveli, Mestres Bosveal a aswonnis an vowes a'n skeusenn a veu diskwedhys y'n bellwolok.

Ytho, an hwithrer a bellgewsis yn uskis orth Pennhwithrer Jenkyn rag pysi dhiworto para SOCO arta rag hwithra yn gluw an bargen tir oll. Ha byttegyns, yth esa hwath an govynn bras dell syw:

Pleth esa an vowes lemmyn?

Wosa Mestres Bosveal dhe worfenna hy derivas koynt ha kott, Hwithrer Penntesek eth yn mes y'n garth. Ev a viras skon y'n pryskel hag yn tevri y hwelas korf marow ki ena, po dhe'n lyha, yth esa neppyth a allsa bos korf marow ki, nyns o namoy possybyl bos sur a henna. Ottomma ober arall rag an wesyon SOCO, a brederis ev. An hwithrer a skrifas notenn yn y skriflyver hag eth dhe vires orth chi an bargen tir.

Chi koth o, bras lowr ha gwrys oll a wrowan kepar ha'n krowji. Der an fenestri, hanter kudhys gans idhyow ow tevi oll a-dro, ny welas denvyth na ol vyth a annedhysi a-berth y'n chi. Wosa gwiska manegow plastek, ev a igoras gans meur a rach daras an gegin nag o alhwedhys dell dhiskudhas. Owth entra y'n gegin yn lent, ev a viras a-dro heb tava tra bynag.

Hanter botellas leth podrys y kavas war an voes ha brywyon bara a-dro dhe hanaf plos. Y'n new y hwelas hanafow pals, oll anedha plos keffrys, hag yth esa an tapp ow tevera. Ytho, y prederis an hwithrer, yth esa hi omma, an vowes na neb eson ni oll ow hwilas. Ass yw dihedh bos own dhedhi pellgewsel orthyn ni kyns, dhe'n venyn goth y'n krowji. Martesen a pellgowssa, an vowes a via sawyes seulabrys. Saw lemmyn, gyllys glan yw hi.

Wosa hwithra an gegin, ev eth yn esedhva ogas gwag ha heb ol a vywnans ynni. Yn kres an stevell-dhybri, yth esa moes vras ha teyr hador ha nebes lyvrow koth war an leur a blenkys a brennyer trogh. Yn kornell, yth esa kist a 'Scrabble' ha kist arall a 'Trivial Pursuit'. Puptra o lennys a wiskas polter. Dres henna, yth esa talgell hag ynni ev a gavas skudellas amanynn ha darn a geus koth ha kales. Yn kornell ena yth esa botas leysek.

Hwithrer Penntesek a yskynnas an grisyow rag mires y'n leur a-wartha. Yth esa tri chambour, stevell-omwolghi hag amari bras a

yllys mos ynno. Y'n byghanna chambour y
kavas gweli ynn may koskas nebonan war an
matras yn dann ballenn blos. Ytho, omma y
koska hi, a brederis. Prag y teuthons dhe dhri
an vowes dhe ves? A hwarva neppyth? An
venyn goynt y'n krowji, hi o an dustuni unnik.

Rann Ugens

An dohajydh na, fest toemm o an howlsplann ha Kerensa Karn a'y esedh wor'tiwedh yn hy chi hy honan arta. Bras igerys veu an darasow frynkek y'n esedhva hag yth esa Kerensa ha Janna Davey ena warbarth, ow kortos Rabmen neb esa ow kolghi an lestri y'n gegin wosa i dhe dhybri li. An dhiw venyn a gesjanjyas aga thybyansow a-dro dhe gas Merywenn Harvi.

"Deun," yn medh Rabmen owth entra y'n stevell. "Janna, deun ha kerdhes y'n howlsplann hanter our! Banna ayr yr a via da ragos!"

"Ny wonn... Pandr'a wra Kerensa ha ni ow kerdhes?"

"Kerensa? Pandr'a wre'ta, ow herra?" a wovynnas Rabmen orti.

"My? My a worta omma ha powes tamm. Res yw dhe nebonan gortos omma mar pe nowodhow..."

"Da lowr. My a vynn dos genes, ytho," a assentyas Janna.

Yndella, Janna ha Rabmen a asas Kerensa Karn, hwath gwann lowr, ow tergoska yn hy hador-vregh. Yth ethons i yn kosel dres an parkow wor'tu ha'n arvor.

"Yma krug eno, dell borthav kov," yn medh Rabmen, wosa pols. "Deun ha sywya an troe'lergh ma hag a bys dhi, my a grys."

I a sywyas an troe'lergh bys dhe gammva, nena i a yskynnas an gammva hag omgavoes yn pras leun a vleujyow an gwenton. Yth esa bleujyow a liesliw ena, y'ga mysk brialli melyn ha bleujyow an gog glas avel an ebron ha glusles rudhwynn. Y'n pras nessa, y kavsons kasek ha dew ebel ha wosa henna, i a entras yn park leun a vughes ha leughi.

"Ass yw bryntin kerdhes y'n pow! Dhe'n lyha, y fia bryntin a pe Merywenn genen!" a hanasas Janna.

I a wrug treusi gover ha'n hyns eth mes a wel yn tien. Rabmen a hedhis ha mires a-dro.

"Yma'n krug y'n fordh na," yn medh ev ow tiskwedhes an tu gans y vys. Ev a dalgammas. "Ny wonn, byttegyns, fatell yllyn ni mos bys dhi. Nyns eus hyns namoy."

"A ny wruss'ta dos omma kyns?" a wovynnas Janna.

"Gwrug. My a dheuth omma gans Kerensa nans yw pols da ha sur ov vy bos troe'lergh bys dhe'n krug y honan. Saw ple ma lemmyn? Hemm yw an govynn!"

I a dravaylyas oll a-dro dhe'n pras heb kavoes na troe'lergh na kammva na yet. Pras gwyls o, heb trevas na miles ynno, ha kales o kerdhes der an linas ha'n dreys. Fest skwith wor'tiwedh, i a dheuth arta dhe'n gover, y dhastreusi hag ow tiyskynna leder, y kavsons yet dheges yn kornell an park-bughes. Wosa krambla dres an yet, y travaylsons dres nebes prasow gwyls moy hag ena i a welas bownder ynn hag y'n pellder, krowji. Res o dhedha lamma dres an gover arta rag dos dhe'n vownder ha Janna a goedhas y'n dowr yeyn.

Hy eskisyow ha'y dewdroes glyb oll, hi a dhallathas krodhvolas orth Rabmen pan glewsons levow neb le. Ow nesa dhe'n krowji, i a welas den ha maw y'n lowarth, owth oberi warbarth gans heskenn ha prenn.

"Dydh da dhywgh," yn medh Rabmen. Distowgh, i a asas dhe goedha an heskenn ha'n prenn rag lagatta orth Rabmen ha Janna. An maw a leveris neppyth dhe'n den na ylli na Janna na Rabmen konvedhes. Ena, y harmas an den orta saw ny yllens i na byth moy konvedhes henna.

"Dydh da," a dhasleveris Rabmen yn kortes saw kyns ev dhe leverel moy, an den a grias warnedha,

"Kewgh dhe ves. Kewgh dhe ves. Privedh yw omma!" Nyns o y don onan kuv mann.

"Yma hyns neb le omma rag mos dhe'n krug," a assayas Rabmen arta. "A wodhowgh hwi may ma?   Fatell yllyn ni drehedhes an krug, syrra?"

"Krug! Krug!" a grias an den. "Nyns eus hyns omma.   Nyns yw poblek!   Kewgh yn kerdh!" An maw a hwystras neppyth dhe'n den neb a wevyas prenn wor'tu ha Rabmen yn maner hager.

"Da lowr, da lowr," yn medh Rabmen, yn skon. "Ni a dhe ves!" Ha gans henna, Janna ha Rabmen a dreylyas hag eth uskis y'n tu arall.

Wosa deg mynysenn ow kerdhes y'n vownder ynn ha hir, i a dheuth dhe growsfordh.

"Ple lemmyn?" a wovynnas Janna, ow mires orth hy euryer. "Peder eur yw, ogas, ha hwath kellys on ni!"

"Gwir," yn medh Rabmen hag ev ow studhya an fordhow. "Y'n for' ma, dell grysav. Gwell via dehweles lemmyn dhe ji Kerensa."

"Pur goynt ens i, an dhew na," yn medh Janna. "Rabmen, a wruss'ta klewes an pyth a leveris an maw?"

"Na glewis. Pyth a leveris an maw?"

"Nyns ov sur yn tien, saw my a grys ev dhe leverel neppyth yn Spaynek! Hag yth esa poeslev pur goynt dhe'n den, a nyns yw gwir?" Rabmen a hedhis y'n fordh, ow prederi - y'n gwiryonedh, re bia poeslev koynt dhe'n den.

"Saw nyns o y semlans pur spaynek," yn medh ev, wor'tiwedh. "Moy chinek o, orth ow brys."

"Poran! Nyns o Spayner. My a grys aga bos a-dhiworth Amerika an Dyghow!"

"Re Dhuw a'm ros! Ha mars yw henna an kas ... Fisten, Janna! Res yw dhyn dehweles dhe dherivas oll a hemma dhe Gerensa seulvegyns!"

Pymp eur o kyns i dhe dhaskavoes chi Kerensa Karn ha derivas dhedhi an pyth a hwarva.

"A wodhes kewsel Spaynek?" a wovynnas Kerensa orth Janna, diwettha.

"My a woer tamm. Merywenn a assayas dyski an yeth kyns mos dhe weles hy thas ena. Hi a dhyskas dhymm nebes geryow."

"Ha'ga semlans - prag y krysydh aga bos a-dhiworth Amerika an Dyghow?"

"My a welas skeusennow Merywenn a'n dus ena. An brassa rann anedha a's tevo semlans kepar ha'n dhew a welsyn ni. Henn yw an goes eyndek ynna."

Kerensa Karn a veu gyllys yn prederow. A allsa bos keslamm?

Oll a henna a veu goderrys gans an pellgowser a dhallathas seni yn ughel. Yth o Hwithrer Penntesek esa ow pellgewsel orth Janna rag derivas dhedhi an nowodhow. Merywenn re bia prisnores yn chi an bargen-tir

Krowswynn. Soweth, nyns esa hi ena namoy. Nebes tus re's drosa dhe ves dre nerth, nans yw pols.

"Bownder Menehay," a hwystras Kerensa Karn. "Ha hanow an bargen-tir yw Krowswynn - yw henna an pyth a leveris an hwithrer?"

"Yw. Yma dell hevel benyn goth yw trigys yn Krowji Krowswynn neb a welas oll a henna. Hi a welas Merywenn ow frappya orth fenester an chi, kyns! Muskoges yw yn tevri, an venyn villigys na! Ny wrug travyth! Ass yw hi pla! Wel, gyllys arta yw Merywenn lemmyn. An govynn yw: Ple hyll hi bos?"

"Nag yw. An govynn yw: Prag y teuthons dh'y gorra yn le arall? Ro dhymm an mappa ena war an estyllenn, mar pleg, Janna."

Kerensa Karn a hwithras an mappa yn gluw. Hi a gavas 'Krowswynn' skrifys warnodho wor'tiwedh. Tre pur vunys o, martesen pymthek mynysenn a'y chi hi, yn karr. Dhe biw esa an bargen-tir? Henn o neppyth dh'y dhyski.

Rabmen a dheuth ow tri te ha tesennow kales. Yth esa Janna ow mires dres an darasow frynkek orth an lowarth ha Kerensa hwath ow studhya an mappa.

Heb gwarnyans, hi a grias yn ughel:

"*Eureka!*"

Rabmen ha Janna a dreylyas wor' tu ha hi, bras aga marth.

"Pyth?" a wovynnas Janna orti.

"My a woer!" a grias Kerensa arta.

"Pandr'a wodhes, ow herra?" a wovynnas Rabmen, kuv.

"Dar! My a woer ple ma hi! Ha nyns eus termyn dhe skoellya! Fistenewgh, agas dew!"

"Ple ma hi?" Enep Janna o lemmyn gwynn avel gwrys.

"Janna, ke dhe bellgewsel orth an kreslu - orth an hwithrer na. Ha Rabmen, ny allav vy mos. Stag ov omma, ow throes y'n plaster. Ytho, res yw dhiso jy mos dhi rag hy sawya - skaffa gylli!"

"Omhebaskha, Kerensa! Ple poran yth yw res dhymm mos?"

"Omma." Kerensa a skrifas notenn war geyn maylyer koth hag y ri dhe Rabmen a's redyas. Wosa henna, hi a wrug merk a grows war an mappa.

"Ena? Th'esos ow kokkia!"

"Dar! Nyns esov ow kokkia! Ke-jy dhi yn uskis, Rabmen. Sur ov bos henna an le!"

Rabmen eth dhe ves, toeth bras, wosa henna, ow ponkya an daras yn dann boenya dh'y garr. War y lergh y poenyas Janna.

"My a vynn dos genes!" a grias, ow lemmel y'n karr kyns ev dhe leverel ger.

Gesys hy honan y'n chi, Kerensa Karn a skrifas nebes notennow moy a-dro dhe'n dhew gas. Pyth o aga mellyans? A dhiskudhas an kreslu neppyth?

Yn kettermyn, Rabmen a lewyas yn fol wor'tu ha'n arvor.

"A gewssysta orth an hwithrer?" a wovynnas orth Janna.

"My a asas messaj ragdho. A wrons i dos er agan pynn?"

"Heb mar. I ynwedh, y fynnons kavoes dha hwoer."

"Ha mar pens i re dhiwedhes?"

Taw a goedhas, an dhew anedha down y'ga frederow. Hag i ow tos nes dhe'n arvor, yth eth an howl mes a wel a-dryv kommol du ha'n jydh a yeynhas desempis.

"Ottani," yn medh Rabmen, wor'tiwedh, ow treghi an taw. Dheragdha yth esa drehevyans koth. Re bia kudhys oll an fenestri gans estyll ha nyns esa denvyth owth anella y'n tyller, dell heveli.

Rabmen a worras an karr ryb yet park.

"Gorta omma y'n karr," yn medh dhe Janna hag y kerdhas bys dhe'n drehevyans. Ev a viras a-dro ha wosa henna, eth mes a wel dhe du delergh. Janna a wortas y'n karr, owth assaya pellgewsel arta orth an kreslu saw nyns o possybyl drefenn bos hy fellgewsell marow y'n le na. A-dhesempis, hi a glewas tros byghan kepar dell esa nebonan ow poenya dhe ves.

"Pandr'a wrav, lemmyn?" a omwovynnas hi yn ughel. Ny's tevo lewya karr yn ewn ha pell lowr o an dre alena. Hi a igoras an mappa esa y'n karr ha hi a'n studhyas, ow skoellya yndella a-dro dhe dheg mynysenn. Ny dheuth Rabmen arta. Pyth esa ev ow kul? Hi a viras orth klokk an karr. Kwarter dhe hwegh eur o.

Hi a wortas tamm moy. Pleth esa an kreslu? Ena, y tallathas gul glaw ha'n jydh eth ha bos hwath tewlla. Hanter wosa hwegh eur o lemmyn ha ny dheuth denvyth.

Wor'tiwedh, Janna a dhiyskynnas a'n karr ha gans meur a rach, hi a slynkyas nessa dhe'n drehevyans. Pyth o an drehevyans ma? Hi a sywyas war lergh Rabmen hag ena y hwelas daras byghan, kudhys a'n fordh, re bia igerys tamm byghan. Janna a hedhis ha goslowes. Ny glewas hi son vyth marnas an gwyns ha'n mor a-woeles. Hi a slynkyas der an daras, dison, owth omgavoes yn stevell vras ha tewl ogas yn tien.

Dre wolow an jydh esa owth entra y'n stevell awos an daras igor, hi a welas nag esa na mebyl na bywnans ena. Eth martesen Rabmen dhe gen le? Saw nyns esa ken le yn ogas. Ytho, pleth esa ev? Janna a gerdhas war benn hy dewdroes dhe gres an stevell ha goslowes pols. O henna tros ydhil y'n pellder po fantasi hy brys? Wor'tiwedh, hy dewlagas a dheuth ha bos usys dhe'n tewlder hag yth aspias grisyow yn kornell an stevell.

Meur hy rach, Janna a dhallathas diyskynna an grisyow. A-woeles, ny weli hi banna saw yn dann dava hi a gavas dornla daras a-rygdhi. Hi a assayas treylya an dornla mes deges yn dann alhwedh o an daras dell heveli. Esa Rabmen neb le a-dryv an daras? Hi a vynna garma y hanow ha byttegyns, y hwodhya nag o henna tybyans da vyth oll mar pe ev maglennys ha martesen Merywenn ganso. Y hallsa bos tus orth aga gwitha gans gonnys! Pandr'a wrussa Kerensa Karn y'n kas ma? Ny wodhya hi an gorthyp dhe'n govynn ma. Saw o Kerensa Karn moy kolonnek agessi hi? Nyns o Janna sur a henna. A'y anvodh, hi a assayas an daras arta, ow treylya an dornla y'n tu arall. Bras hy euth, an daras a dhallathas igeri an weyth ma. Ass ov vy gokki, hi a brederis. I a wra ow sesya vy maga ta!

Ny welys, byttegyns, na travyth na denvyth dhe du arall an daras. Yth esa hi lemmyn yn selder a neb sort hag yth esa banna golow ow sygera a-berth ynno dre vaglenn ayrellans y'n fos. An ayrellans nyns o da lowr, dell heveli, drefenn bos kywni ha gwlyghter oll a-dro dhe'n selder.

A-dhesempis, hi a glewas levow! Yth esa an levow ow tos a-dhiworth yn mes a'n drehevyans. O hemma an kreslu devedhys wor'tiwedh? Hi a vynna poenya er aga fynn ha mos wosa henna dhe wortos neb le yn salow - ha gwell via gensi mos dhe eva te gans an gwithyas teg ha kuv, Harri Nans, a pe dewis...

Y'n gwella prys, stag yn tien o Janna, pols. Ena, hi a glewas an levow arta, ow kewsel y'n stevell a-wartha lemmyn. Ha piwpynag a vens, an dus ma, nyns ens i an kreslu, henn o kler, awos i dhe gewsel yn neb yeth estren. Skav avel lughesenn, Janna a omgudhas poran a-dryv an daras a dhegeas hi dison ha'n troesow trosek ow tiyskynna an grysow. Hi a hedhas anella pan igoras an daras a-nowydh, ha tus a entras y'n selder.

Ny's gwelsons, bras hy feus, ha hi kudhys dell esa hi. An troesow a dremenas an selder heb hedhi. Ena, y klewas son pur goynt ha desempis an levow eth dhe ves. Hi a vedhas mires. Dh'y marth, nyns esa denvyth oll y'n selder lemmyn. Pleth ethons?

War benn hy dewdroes arta, Janna a gerdhas oll a-dro dhe'n selder. Travyth, denvyth. Saw nyns ens hunros ytho i eth neb le... Hag ena, a-dhesempis, hi a'n gwelas. Y'n fos, yth esa lagasenn a alkan. A allsa bos daras kevrinek? Yn tromm, hi a gonvedhas an gwiryonedh. Dres an daras kevrinek, yth esa Merywenn, maglennys, hag yn oll hevelepter, Rabmen re beu maglennys maga ta. Hag i a wra merwel, a brederis hi, mar ny wrav vy gul gweres dhedha seulvegyns. Hi a skruthas a'n preder.

Benyn yowynk ha poellek o Janna, byttegyns, hag y hwodhya nag esa saw unn dra dhe wul rag gweres an dhew anfeusik. Ytho, y slynkyas arta der an daras o hwath igor, ha hi a yskynnas an grisyow gans rach. Ow mires oll a-dro kyns mos, y poenyas arta dhe'n karr. Dhe'n eyl tu, hi re welsa shap du an jynnji. Dh'y gila, a-dryv dhe'n drehevyans, hi re welsa karr arall, onan du a neb sort hag, y'n gwella prys, gwag dell heveli dhedhi.

Yn karr Rabmen, Janna a skrifas yn uskis niver an karr du war hy leuv. Wosa henna, owth anella yn town, hi a dreylyas alhwedh an karr. Nans yw moy es diw vlydhen, hi a's tevo neb hwegh po seyth dyskans lewya. Awos fowt a omfydhyans, yth hepkorras wosa henna an towl dhe dhyski lewya.

"Deun, Janna," yn medh hi yn ughel. "Yn rag! Ty a yll y wul."

Yn lent, yth eth an karr yn rag wor'tiwedh, a-berth y'n niwl hag y'n glaw.

Rann Onan warn Ugens

Hwithrer Pennteset, y'n kevamser, yth esa ev ow korfenna y baperweyth yn y soedhva ow kortos derivas an para SOCO a'n bargen-tir Krowswynn. Nena, y teuth JoJo y'n soedhva gans messaj ragdho. Hemm o an messaj gesys gans Janna, nans o pols, hag ev ow kewsel orth nebonan arall. An hwithrer a'n redyas ha talgamma. Pyth o hemma, lemmyn? Ev a gemmeras an pellgowser rag kewsel orth Kerensa Karn.

"Pandr'a hwarva, Madama?" a wovynnas dhedhi.

"Hwithrer Pennteset! Res yw dhywgh mos ha genowgh soedhogyon erell dhe hwilas an drehevyans na. Sur ov hy bos ena. Ha peryllus yw!"

"Fatell wodhowgh, Madama, hy bos ena?"

Kerensa Karn a dhallathas styrya dhodho an pyth a hwarva a-varra ha Rabmen ha Janna ow kerdhes y'n pow. Ny gonvedhas an hwithrer ger mann a'y displegyans hi, ha wosa pymp mynysenn ev a leveris ev dhe vos distowgh dhe jekkya hy hwedhel rag diank liv hy geryow.

Y'n gwettha prys, nyns esa marnas JoJo ha'n hwithrer y honan y'n gwithyatti, y'n eur na.

"Ple ma Harri?" a wovynnas dhe JoJo.

"Harri ha Serjont Gover, Syrra, yth ethons gans an para SOCO dhe hwithra an bargen-tir na, pyth yw y hanow?"

"Krowswynn. Ha piw a's dannvonas ena?" Hwithrer Penntesek a dalgammas, serrys.

"Henn o gorhemmyn a Bennhwithrer Jenkyn, Syrra."

Hwithrer Penntesek a vollethis yn kosel y vester.

"Galw Harri, JoJo, ha lavar dhodho ev dhe dhos er ow fynn skaffa gallo. My a wra mos dhe hwithra an drehevyans na dell bysis Mestres Karn."

"Ny dal dhywgh mos agas honan, Syrra - peryllus vydh, martesen, dell leveris an venyn."

"Ytho, galw Harri yn uskis!" Hwithrer Penntesek a dalgammas arta, drog-penngasenn warnodho, herwydh usadow, ha lemmyn drog-penn keffrys.

Ev a verkyas distowgh bos edhomm prena menoyl rag an karr, ytho y'n kynsa le, yth eth dhe'n karrji ha wosa henna ev a gemmeras an fordh dhe'n arvor. Krowswynn a omgevi ogas dh'y fordh ha ny dhihynsyas meur rag mos dhe gavoes Harri Nans. Bysi o an bargen-tir, an weyth ma, byttegyns, ha nyns o es kavoes y soedhek. Y hwelas Harri wor'tiwedh, esa ow poenya dh'y garr.

"Penntesek!" a grias lev ha'n hwithrer a viras y'n tu arall. Ryb y garr yth esa y vester, Pennhwithrer Jenkyn. "Deus ha derivas dhymm fatell en ni mar dhiwedhes ow kavoes an le ma!"

"Wel, 'Bennhwithrer, Syrra," a dhallathas an hwithrer yn unn stlevi kyns assaya styrya an kas. Pennhwithrer Jenkyn a woslowas pols hag ena y leveris:

"Ny allav vy gortos na fella y'n eur ma, 'Benntesek - yma bern a daklow ter dhe wul yn Truru. Deus dhe'm gweles avorow rag dadhla an mater."

Wosa y vester dhe vos dhe ves, Hwithrer Penntesek a viras a-dro saw gyllys veu Harri Nans mes a wel. Gallas Harri y honan, a brederis ev, ha martesen y fydh studh peryllus - res porres yw dhymm mos war y lergh.

Ogas tewl o kyns Hwithrer Penntesek dhe dhrehedhes an drehevyans leverys gans Kerensa Karn ha glaw a wre heb lett y'n eur na. Yth esa lugh ow sevel a'n mor a-woeles ha'n hwithrer ny weli banna. Ev a worras y garr ryb an fordh ha kerdhes bys dhe'n drehevyans, shap du y'n lugh. A ylli bos hemma an le? Pleth esa Harri? Hwithrer Penntesek a elwis an gwithyatti der y radyo.

"Hou, JoJo. Eus nowodhow a Harri?"

"Ev a leveris ev dhe vos dhe'n le, Syrra."

"Ha wosa henna? Eus nowodhow pella?"

"Nag eus, Hwithrer."

"'Th esov vy omma ynwedh, saw ny welav na Harri nag y garr."

"Ev a wra dos, Hwithrer."

"Yw Serjont Gover dehwelys?"

"Nag yw, Syrra."

"Pys e a dhos omma, JoJo - skaffa gallo!"

"Yn sertan, Hwithrer. Eus nebonan ena?"

"Ny wonn hwath. My a wra mos dhe weles lemmyn."

"Gortewgh may teffo Harri, Syrra!"

Heb merkya lavarow JoJo, Hwithrer Penntesek eth nessa dhe'n drehevyans. Ev a'n jevo ganso y dorchenn an weyth ma ha dre henna, ev a gavas daras a-dryv an drehevyans. Ny wodhya ev bos henna an daras mayth entras ha Janna Davey ha Rabmen Palfray kyns. Ny wodhya ev dhe gerdhes y'ga olow saw yndella ev a gavas an selder hag o hwath gwag.

"Denvyth," a omhwystras, ow mollethi an 'venyn Karn'. Ev eth arta dhe'n karr.

"JoJo," yn medh ev arta der an radyo. "JoJo, a yll'ta ow klewes?"

"Gallav, Syrra."

"Nyns eus na den na kath vyth oll omma."

"Yma Serjont Gover war fordh er agas pynn, Syrra," yn medh JoJo.

191

"Ty a yll leverel dhodho nag eus edhomm."

"Yn sur, Hwithrer. An venyn na, Kerensa Karn, a bellgewsis arta, ow leverel bos ha Mester Rabmen Palfray ha Mestresik Janna Davey kellys lemmyn wosa i dhe vos dhe hwithra an drehevyans na. Yma Mestres Karn owth assaya pellgewsel orta, pols da, heb gorthyp vyth. Sur yw hi bos neb droglamm po neppyth gweth es henna - ymons i yn peryll bras, dell lever hi!"

"Wel, martesen henn yw an kas. Saw nyns esons i omma! Ass yw hi pla, an venyn na!"

Hwithrer Penntesek a spenas pols ow treylya y garr rag dehweles dhe'n gwithyatti, neppyth nag o es y'n niwl ha'n tewlder. A-dhesempis, y hwelas karr arall poran a-ragdho ow tos er y bynn hag ev a fronnas yn uskis - hag a-dermyn, y'n gwella prys. Ena, an hwithrer a welas bos Harri Nans y'n karr ha ganso nebonan arall.

"Skoell a dermyn, Harri!" a armas Hwithrer Penntesek dre fenester an karr hag ev a dhallathas mos y'n fordh.

"Gorta!" a armas Harri, war y lergh. "Gorta, Syrra!"

Hwithrer Penntesek a fronnas arta.

"Pandr'a hwer, Harri?" a wovynnas ev.

"Ni a woer le may mons i, Syrra. Ymons i maglennys ena a-berth y'n drehevyans."

An hwithrer a viras y'n karr orth y soedhek ha gweles yn kettermyn bos an person arall y'n karr Janna Davey.

"Dar, Harri! Fatell gevsysta Mestresik Davey?"

"Yth esa hi ryb an fordh, owth assaya lewya karr Mester Palfray rag hwilas gweres. Saw ny's teves lewya hag yth esa droglamm byghan. Yma'n karr stag y'n leys lemmyn! Y'n gwella prys, my a's kavas kyns ken den dhe dremena."

Warbarth i eth an tri war droes arta dhe'n drehevyans, Janna orth aga ledya. Unnweyth a-rag an daras, Harri a gusulyas,

"Bysi via dhis gortos ena y'n karr, Janna. Re beryllus yw -"

"Nag yw. Ny rov oy a'n peryll. My a vynn kavoes ow hwoer!"

Ytho, heb na hirra lavarow, yth entersons y'n drehevyans bras ha diyskynna dhe'n selder. Janna a dhiskwedhas dhedha an lagasenn a alkan y'n fos. Hwithrer Penntesek a synsis an dorchenn ha Harri ow tenna hag ow treylya an lagasenn. Ena, gans mik yth igoras toll y'n leur. Harri a viras yn skon orth Janna.

"Ro dhymm an dorchenn, Syrra," yn medh ev, ow plegya rag gweles pyth esa y'n toll.   "Syrra," yn medh, kosel y lev, "yma nebonan ena, dell grysav."

Ha Janna ha Hwithrer Penntesek a boenyas rag mires y'n tewlder a-woeles.

"Meri!" a grias Janna, "Meri! Esosta ena? Kows dhymm!"

Avel gorthyp, y sevis tros a-dhanna, tros pur wann.

"Kildennewgh tamm, a Vestresik Davey," yn medh Hwithrer Penntesek. "Gesewgh ni dhe weles poran an pyth eus a-woeles."

Ny vynna Janna kildenna vyth oll saw Harri a's herdhyas yn hweg dhe unn denewen rag krambla y'n toll tewl. Ogas ha distowgh, ev eth mes a wel marnas golow y dorchenn.

"Ytho, Nans," a armas an hwithrer, wosa mynysenn po diw a daw, "Pyth eus dhyn?"

"Mowes, Syrra - ogas dhe'n ankow saw hi a's teves hwath pols gwann. Galow orth an klavji, yn uskis."

Hwithrer Penntesek a fistenas mes a'n selder rag gelwel karr-klavji der y radyo.

"`Meri!" a grias Janna arta, "Ottavy!" Hi eth dhe vin an toll ha poesa war-rag, owth assaya gweles hy hwoer. "A allav vy ynwedh diyskynna, Harri?"

"Yma grisyow omma." Der y dorchenn, Harri a wolowas an fordh dhe dhiyskynna ha Janna a slynkyas a-woeles. Ena, hi a welas mowes truan esa a'y growedh war leur a ven gwlygh.

"Yw homma dha hwoer?" a wovynnas Harri orti, ow kolowi enep an vowes. Janna a welas enep gwynn ha tanow.

"Yw," a hwystras hi. "Homm yw Merywenn." Janna a gemmeras leuv hy hwoer ynter hy diwla. Yeyn o avel men. An leuv yeyn a assayas gwaska leuv Janna, eylenn. Kyn na's teffa Merywenn an nerth rag drehevel hy fenn, hi a igoras lagas pols ynwedh.

Harri a davas enep Merywenn gans rach ha leverel dhedhi yn kuv,

"Osta shyndys yn sevur, Verywenn? Mar ny grysydh dha vos shyndys yn sevur, tav leuv Janna." An leuv yeyn a wayas banna.

"Da lowr," yn medh Harri. "My a wra dha dhoen yn mes alemma desempis. Ro dhymm tamm gweres, Janna!"

An dhew anedha a sewenas drehevel Merywenn war geyn Harri hag ena Harri a yskynnas yn lent an grisyow bys dhe'n selder a-wartha, Janna war y lergh. Hi a borthas kov a Rabmen.

"Esa nebonan arall a-woeles? Ple ma Rabmen?"

Janna a esedhas war leur ha Harri a worras hy hwoer yntra hy diwvregh.

"Assay hy thoemmhe banna," yn medh ev. Janna a's byrlas avel baban.

"Ke dhe weles, Harri," a ynnias hi, "mar pe Rabmen kudhys ena neb le. My a with ow hwoer."

Ytho, Harri a slynkyas arta y'n toll rag hwithra gwell an tyller. Poran y'n eur na, y klewsons i oll an krakk. Merywenn a grenas.

"Omgudhewgh gwella gylli!" a armas Harri, ow tifeudhi an dorchenn. "Henn o gonn!"

Kales kyn fe, Janna a dennas Merywenn a-dryv an daras ha gortos, ow koslowes. Wosa pols, y klewsons levow. An dhiw vowes a grenas lemmyn. Janna re glewsa an kethsam levow kyns - levow estrenyon.

Harri, y'n toll, a omwovynnas mar pe Hwithrer Penntesek yn fyw po yn farow rag sur o nebonan dhe denna gonn er y bynn. Yn kettermyn, y droes a davas neppyth medhel war leur yn kornell an is-selder hag yndella ev a gavas korf arall. Ow pedha enowi y dorchenn, eylenn, Harri a welas bos den a'y wrowedh kepar ha Merywenn war an veyn yeyn. O henna Rabmen Palfray? O byw po marow? Nyns esa termyn dhe dhiskudha an gorthybow drefenn ev dhe glewes tros troesow ow tiyskynna bys y'n selder. Tus a-wartha esa ow karma, bras aga sorr, hag i ow poenya dhe'n toll. Lugarn bras y's tevo rag mires ynno.

"Gyllys!" a grias lev yn Kernewek. "Gyllys yw hi! Nyns eus marnas an pollat, malbew damm!"

Nebonan a leveris neppyth yn yeth estren hag ena an kynsa lev a armas,

"War hy lergh, wesyon! Gwibessa a wren omma. Ankevewgh an pollat - nyns yw dhe les dhyn. Degeyn an toll ha deun yn rag. Ny yll hi bos pell alemma!"

Deges veu an toll ha ny glewas Harri namoy.

Rann Dew warn Ugens

Yth esa Kerensa Karn ow tergoska y'n esedhva pan sonas an pellgowser. Hi re bia owth hunrosa hi dhe boenya warlergh nebonan - nebonan dihanow, an enep kudhys gans hatt bras, ha maylys yn tien yn kota pur hir. Owth igeri hy dewlagas, hi a omwovynnas piw esa orth hy gelwel - Rabmen? Janna? Nowodhow a neb sort, wor'tiwedh, martesen.

"Allo," yn medh hi y'n pellgowser.

"Mestres Karn?"

"An keth. Piw owgh hwi?"

"Ny'm aswonnowgh," yn medh an lev. "Saw bysi via dhywgh godhvos neppyth - neppyth a-dro dhe'n teylu Plenkynn. A allav dos er agas pynn, neb le?"

"Neb le? Ple? Pandr'a vynnowgh leverel? A ny allsewgh dos omma dhe'm chi?"

"Nyns yw henna tybyans da, Vestres Karn -"

"Wel," a wodorras Kerensa, "leverewgh dhymm lemmyn, ytho!"

"Nyns yw kusul dha klappya a'n maters ma der an pellgowser. Yma martesen skovarnow dhe'n fosow!"

"Re Dhuw a'm ros!! A grysowgh bos ...?" Kerensa Karn a anellas skaffa ha mires a-dro dhe'n stevell. "Gwren ni omvetya yn ken le, ytho. Saw ny allav kerdhes pell - re beuv gyllys yn klav hag yma hwath ow garr ha'm elin y'n plaster."

"Dewgh bys dhe'n wydhenn vras a-dryv agas lowarth, eno ogas dhe'n troe'lergh. A yllowgh dos ena a-ji dhe dheg mynysenn?"

"Gallav, dell grysav - piw owgh?"

"Gortewgh ha ni a wra kewsel kyns pell!" Treghys veu an linenn desempis.

Kerensa Karn a fistenas ow kwiska kota ha botasenn goth dh'y garr dha ha nena hi eth y'n fordh. Ny ylli hi fistena ow kerdhes, byttegyns, drefenn bos tewlwolow ha kales o kerdhes gans kroch y'n hyns ynn hag ankompes hag yth esa own bras dhedhi trebuchya. Nyns o an wydhenn vras pur bell a'y chi saw nyns esa ogas lowr.

"Molleth an Jowl!" a hwystras hi, "Prag na wrugavy dri torchenn?" Hi eth yn rag yn dann dava, owth assaya gweles y'n godewlder. Yth esa lugh lemmyn ow tos dhiwar an mor rag gwetthe an studh.

Yth omkevys an wydhenn - onan vras lowr dhe vos gwelys dhiworth oll an kyrghynn - dhe growsfordh y'n troe'lergh ynter an dre ha'n arvor. Ny ylli bos ken gwydhenn, sur o Kerensa a henna. Saw nyns esa denvyth ena orth hy gortos. Hi a wodhya hy bos tamm diwedhes saw nyns o meur. Kerensa a worras hy heyn orth an wydhenn hy honan rag skoedhyans ha hi ow kortos. Piw a bellgewsis orti? Den po benyn? Martesen benyn kyn fo kales dhe vos sur ... py benyn, ytho? Ha pyth a wodhya hi a'n teylu Plenkynn?

A yll hi bos kentrevoges? Ogas pubonan a wodhya bos Kerensa Karn ow hwithra an kas a Jago Hosket. Nyns o henna kevrin. Nebonan a vynna ri kedhlow dhedhi, wor'tiwedh, henn o marth!

A-dhesempis, Kerensa a glewas gwigh koynt. Pyth o henna? Ow mires a-dro, hi a welas y'n pellder golow yn hy hegin. Dhe Dhuw re bo grassyes, hi re assa an golow yn fyw! Po a wrug hi y asa yn fyw? Esa nebonan yn hy hegin? Kerensa a grenas a'n yeynder glyb hag a own kekeffrys. Heb mar, kast o! Po dhe'n lyha, pratt a neb sort. Esa nebonan yn hy chi ow hwilas hy notennow a'n kas? Nyns esa ken tra dhe ladra ... nyns esa gemmweyth a bris na arghans yn dann hy gweli na - pyth o an troes na, lemmyn? Kerensa Karn a woslowas pols yn gluw orth an nos. Ena, hi a glewas son medhel a gammow ow nesa, yn lent. Ow krena arta, hi a assayas omgudha tamm moy yn dann an wydhenn. Ass o hi gokki dhe dhos omma hy honan, heb gasa messaj vyth, heb dri arv a neb sort rag hy omwitha!

Y'n kevamser, karr an kreslu a nesas yn kosel dhe'n chi yn Stret an Chapel may hwelsa Kerensa Karn an Mercedes du. Peswar soedhek ervys a dhiyskynnas hag eth dhe gyrghynna an chi, ow sywya gorhemmyn a bennplas Truru. Dew soedhek a frappyas orth daras an chi ha, bras aga marth, an daras a igoras ogas distowgh.

An den yowynk esa y'n treudhow a skrynkyas orta, bras y varth maga ta, hag assaya poenya dhe ves. Estren o herwydh y semlant hag yn tevri, ev a dhallathas kria yn ughel yn yeth arall. Nebonan arall y'n skeusow a-berth y'n chi a dennas gonn warnedha.

Y'n pols na, an dhew soedhek arall a entras dison y'n chi der an gegin hag i a sesyas an den esa ow synsi an gonn. An kynsa den a veu sesyes gans an soedhogyon erell ha'n dhew anedha a veu gorrys yn karr an kreslu, kargharys aga diwdhorn. Dew soedhek a's gorras distowgh dhe Druru ha'n dhew arall, i a hwilas an chi gans rach.

Rann Tri warn Ugens

Y klewas Janna an karr-klavji ow tos ha kerri an kreslu maga ta - wor'tiwedh. Breghyow krev a gemmeras Merywenn dhiworti ha Janna eth dhe igeri an toll rag sawya Harri Nans.

"Yma nebonan arall omma, gans Harri," yn medh hi dhe'n greswesyon. Nebes anedha a dhiyskynnas y'n toll rag drehevel korf an den. Janna a hwystras dhe Harri, "Usi ev yn fyw?"

"Nyns ov sur - yma govenek dhymm y vos yn fyw," Harri a boesas nessa dhedhi, "Yw hemma Rabmen Palfray?"

Janna a viras orth enep loes an den degys gans dew greswas grev. Hi a welas an gols rudh ha krullys ha leverel,

"Yw.   Hemm yw Rabmen.   Pandr'a lavarav dhe Vestres Karn?"

Harri a vinhwarthas, ow kwaska hy leuv yn kuv.

"Lavar dhedhi bos Rabmen yn droglamm. Hi a yll pellgewsel orth an klavji rag kavoes moy a dherivadow. Nyns yw dha fowt - ny yllsysta gul moy!"

"Ha pleth eses pan dheuth an dus na? Ny'th welsons!"

"Res o dhymm omgudha yn dann y gorf ev!" yn medh Harri. Ev a worras y leuv lemmyn war hy skoedh. "Splann esta, Janna! Ke dhejy lemmyn dhe'n klavji gans dha hwoer drefenn bos edhomm dhedhi ahanas. Ni a wra kewsel avorow."

"Mes Kerensa Karn?"

"Ke dhejy gans dha hwoer lemmyn - my a wra mos dh'y gweles seulvegyns rag derivas dhedhi an pyth a hwarva."

"Meurastajy, Harri."

I eth warbarth mes a'n drehevyans ha Janna a boenyas rag yskynna y'n karr-klavji gans hy hwoer. Ogas distowgh, an karr-klavji eth war fordh dhe Druru, golow glas ow troyllya.

"Hwithrer Penntesek?" a wovynnas Harri Nans orth onan a'n greswesyon erell.

"Ni a'n kavas omma war leur, ow tevera goes."

"Nyns yw marow?"

"Nag yw! Yma pellenn yn y vordhos mes nyns yw re sevur dell hevel."

"Ha lemmyn?"

"Ev eth y'n kynsa karr-klavji dhe Drelisk. Yma messaj dhiworto, byttegyns! Kyns mos, ev a leveris: 'Lavar dhe Nans ev dhe gachya an alyon fell na, skaffa gallo!'"

Ha Harri Nans ow tehweles dhe'n gwithyatti, ev a hedhis war y fordh orth chi

Kerensa Karn rag derivas an nowodhow dhedhi. Ev a wodhya na via termyn lowr diwettha rag y fia derivas dhe skrifa ha galyon dhe gachya.

Yth esa golow y'n esedhva ha keffrys golow y'n gegin a ji Kerensa Karn saw ny gavas Harri Nans denvyth oll y'n chi, spit dhe frappya lieskweyth orth an dhew dharas. Harri a viras dre fenestri an esedhva ha wosa henna dre fenester an gegin heb gweles na den na benyn. Ow prederi a'y ober oll orth y wortos y'n gwithyatti, Harri a erviras mos dhe ves saw y'n pols na, ev a welas nag o deges yn tien daras an gegin. Owth entra a-berth y'n chi, ev a grias,

"Mestres Karn! Esowgh omma?" Saw nyns esa gorthyp mann. Ytho, ow talgamma, Harri a dhallathas hwithra an chi heb kavoes moy ages an gath esa ow koska yn kosel war an gweli.

"Benyn goynt," a hwystras Harri dhe'n gath. "Hi eth dhe ves ow kasa oll an golowys yn fyw! Ple ma hi, gathik?" An gath a viras orto, hy dewlagas ell hanter igor, heb dewwynkya vyth.

A-woeles arta, Harri eth yn mes, ow tegea an daras yn fas. Poran dhe'n pols na, ev a glewas kri tynn y'n tewlder.

"Ottomma an kreslu!" a armas Harri avel gorthyp. "Piw eus ena? Esowgh hwi yn ogas, Vestres Karn?"

Harri a dhallathas kerdhes wor'tu ha'n son re glewsa. Martesen nyns esa marnas yonkers ow kwari y'n prasow, a brederis ev. Hwithrans euver a via, heb mar. A-dhesempis, byttegyns, ev a vlasas odour a aswonnis - odour lavant. Nyns esa lavant ow pleujowa y'n lowarth, sur o Harri Nans a henna drefenn bos re a-varr y'n vlydhen. Mamm Harri a's tevo lies les-lavant yn hy lowarth yn Lyskerrys a ble teuth kov Harri a'n odour.

Tas Harri a verwis nans o dewdhek blydhen ha Harri hwath y'n skol, a dhroglamm karr. Alena rag, nyns esa saw Harri ha'y vamm ha'y vroder yowynka. Y vamm, mar drist o hi wosa mernans hy gour, ny vynna triga namoy y'ga chi bras ogas dhe Sen Yv. Re gosel o ha re wag dell leveris hi. Ytho, hi a werthas an chi bras rag prena krowji byghan yn Lyskerrys ogas dhe ji hy hwoer. Byghan o an chi nowydh saw bras o an lowarth ha Mamm Harri a spena oll hy thermyn rydh ena ow lowartha. Ny vynna hi bos y'n chi vyth oll hag yndella Harri a borthas kov a gegina aga hinyow yn fenowgh, wosa an skol, ha'y vamm y'n lowarth. Hi a leveris pupprys bos gwell gensi bos y'n ayr yr wosa spena oll hy dydh y'n lytherva mayth oberi.

Lemmyn, yn taw an tewlder hag owth holya y droen, Harri a gavas hyns garow a-dryv chi Kerensa Karn. Ev a'n jevo y dorchenn hwath yn y boket, y'n gwella prys, rag nag esa golow vyth y'n hyns. Wosa pols, y harmas arta, "Mestres Karn!" ha gortos, ow koslowes.

O henna gorthyp gwann neb le pella a-ragdho? Ev a besyas kerdhes yn hons kompes, prykkys y dhiwskovarn. Nena, y trebuchyas ogas hag omhweles dres neppyth y'n hyns.

Yth esa kri tynn arall.

"Bydh war! Ottavy omma!"

"Mestres Karn?"

"Ny allav omsevel!"

Harri a blattyas ha gweles Kerensa Karn a'y esedh war leur yn dann wydhen vras. An odour a lavant o kreffa omma - hy melyseth, dell gonvedhas ev nena.

"Owgh hwi shyndys? Pandr'a hwarva, Madama?"

"Nyns ov shyndys - ny allav omsevel drefenn bos ow kroch ledrys! Yma ow garr ha'm elin hwath yn plaster! A yllowgh ow gweres, den yowynk?"

"Yn sur, Madama." Harri a weresas Kerensa ow sevel ha wosa henna, res o dhodho hy skoedhya ow kloppya dhe'n chi.

"Piw owgh hwi?" Kerensa Karn a blynchyas, ow kloppya par dell esa.

"Soedhek Harri Nans, Madama, a Greslu Kernow."

"Arloedh nev re bo gordhys! A, my a woer, yth owgh an soedhek teg ha yowynk a gewsis Janna y'gas kever! Ple ma hi?"

"Mynysenn, Madama. Gortewgh ha ni a wra kewsel y'n chi."

Harri a bareusas dew hanafas te wosa i dhe dhos dhe'n chi hag unnweyth a'ga esedh y'n gegin attes, ev a dherivas dhedhi an pyth re hwarva kyns.

"Y'n diwotti 'Neyth an Nadres'? Henn o an le, a nyns yw gwir?" a wovynnas Kerensa wor'tiwedh.

"Gwir. Yma dorgell yn dann an selder hag yth esa Merywenn ena, prisonys."

"Ass ov vy gokki. My eth dhi kyns heb kavoes denvyth saw my a glewo bos an tyller nebes skeusek!"

"Ytho, yma Merywenn y'n klavji ha Janna gensi ow kwitha warnedhi," yn medh Harri. "Yma Rabmen Palfray y'n klavji maga ta ha Hwithrer Penntesek keffrys!"

"Rabmen! Hwithrer Penntesek!"

Harri a dherivas dhedhi fatell gavsons Rabmen y'n dhorgell ryb Merywenn ha fatell veu Hwithrer Penntesek shyndys gans gonn.

"Rabmen, ev a vydh da lowr? Res yw dhymm mos dh'y weles!"

"Y fydhyav aga bos an dhew anedha da lowr kyns pell, Madama! Martesen hwi a yll mos dhe weles Mester Palfray avorow, nyns ov sur. Gwrewgh pellgewsel orth an klavji, ternos vyttin."

"Ytho, Harri - a allav vy agas henwel Harri? - Piw a gibyas Merywenn?"

"Ny wonn, Madama - nyns esa hi yn studh gwiw dhe dherivas dhyn an manylyon."

"Heb mar. Ha'n kas arall, an denladh? A wodhon ni moy yn y gever?"

"Na wodhon, Madama. Yth esa dew dhenladh - esowgh ow kewsel a'n kynsa po a'n nessa?"

"A'n dhew! An nessa a hwarva awos an kynsa!"

"Ni a wra pellgewsel orthowgh mar pydh nowodhow! Madama, pyth esewgh ow kul ena y'n troe'lergh, agas honan y'n tewlder? Ha pandr'a leversowgh ow tochya agas kroch?"

"O! Ass ov gokki, Harri! Nebonan a bellgewsis orth ow pysi a vos dhe'n wydhenn vras na drefenn bos neppyth dhe leverel dhymm a-dro dhe'n teylu Plenkynn. Dell welowgh, my a vatalyas rag mos dhi. Ny dheuth denvyth y'n kynsa le hag yth esen vy owth omvollethi a'm folneth pan glewis tros troesow ow nesa hag a-dhesempis skeus du a synsis ow kroch mes a'm dorn! Hwi a woer oll an remenant."

"A ny vewgh hwi pystigys vyth oll, byttegyns?"

"Na veuv. Henn yw an dra goynt! Wosa synsi ow kroch, yth eth dhe ves yn unn boenya. Ny wonn piw o, mars o den po benyn, yowynk po koth! Ny leveris ger vyth."

"Ha hwi? Pandr'a wrussowgh gul wosa kelli an kroch?"

"My a armas lieskweyth heb sewena hag ena my a assayas kerdhes heb an kroch saw dell welsowgh, y trebuchis ha koedha ogas desempis drefenn na welen vy banna."

"Ha ny wodhowgh mann pyth a vynna an person leverel dhywgh?"

"Na wonn saw y tal dhyn palas moy yn bywnans an teylu Plenkynn. Henn yw sur. A wrav vy y wul, Harri, po a wrewgh hwi y wul?"

"Res yw dhymmo mos dhe'n klavji lemmyn rag kewsel orth agan klevyon ena! Wosa henna, mos a wrav dhe goska awos hy bos dydh pur hir ragov vy. Soedhek Lynn a wra hwithra an teylu na yn ow le, haneth."

"Ro an alhwedh ma dhe Janna, mar pleg - yndella hi a yll dehweles ha koska omma mar mynn hi y wul."

"Meurastahwi, Madama. My a wra y ri dhedhi. Bysi via dhywgh mos dhe'n gweli ha koska, hwi ynwedh lemmyn, Madama! Durnostadhehwi!"

209

Rann Peswar warn Ugens

Yn stevell brivedh yn Klavji Trelisk yn Truru, yth esa Hwithrer Penntesek a'y wrowedh, deges y dhewlagas, berr y anall, loes y enep. Rybdho yth esa y wreg Penkasta, a'y esedh war gador blastek klavji. Yth esa Penkasta ow synsi leuv hy gour. A-barth dhedha y'n stevell, yth esa Pennhwithrer Jenkyn ha'y wreg Olwen.

"Yth esen ni war fordh dhe'n Hel Rag Kernow," yn medh Olwen dhe Benkasta, isel hy lev. "Yma gwarikan haneth gans Opera Cenedlaethol Cymru. Soweth, yth esa galow dhe'm gour rag y dharwarnya bos dha wour shyndys yn fell ow kompoesa y dhever hag ottani, omma yn le ena! Y fydhyav na vo Berrdrumm pystigys re sevur, Penkasta!"

"Ev a wra bywa, herwydh an medhek," yn medh y wreg.

"Sur ov a henna," yn medh Pennhwithrer Jenkyn, yn jolif, "drefenn y vos soedhek brav a'n lagha! Fest kolonnek o, hedhyw, Penkasta! Pur woethus os anodho, heb mar!"

Penkasta a davas yn skav enep hy gour. Yn tiogel, wosa goslowes geryow Pennhwithrer Jenkyn, y stoutyas hi heb wow. Pana dhydh koeth! Wor'tiwedh, warlergh kemmys a vlydhynyow, hy gour a dheuth ha bos 'den meur'! Ass o hi leun a lowena!

Heb gul sin, yth esa Hwithrer Penntesek ow koslowes orta, yn kosel, hag i ow klappya yn y gyrghynn. Ytho, a brederis ev, orgelus yw Penkasta ahanav lemmyn yn le serrys genev par dell yw herwydh usadow! Ev a vinhwarthas minhwarth kevrinek a heudhder.

Yn stevell arall yn Trelisk, stevell boblek an wer, yth esa Peder Paynter hwath a'y wrowedh y'n gweli. Nyns esa y wreg rybdho ev na ken denvyth. Loes ynwedh o y enep ev hag yn y gorf yth esa dolor tynn. Ow neuvella yntra koska ha difuna, ev a omwovynnas py dydh o hag esa ev owth omwellhe po omwethhe? Yth esa own dhodho, own merwel omma y honan, pell a'y garadowyon - ha pyrag? Neppyth a-dro dhe Jago... Jago a ros arghans dhodho. O henna an pyth a hwarva? Niwlek o y ympynnyon ha nyns esa kov kewar dhodho... o Jago marow? Ev re ladhsa Jago! Gorta pols - y hwegron a leveris ev dhe ladha Jago - yth o henna martesen! A ladhsa ev Jago? Nyns o sertan...

Dhe benn arall a'n keth stevell yn Trelisk, yth esa Rabmen Palfray a'y wrowedh, gwynn y enep ha deges y dhewlagas. Kepar ha Peder Paynter, nyns esa denvyth ryb y weli rag synsi y leuv po tava y enep, saw nyns o Rabmen difun mann hag yndella, ny wodhya y vos digoweth. Yn y hunros, byttegyns, y hweli mowes yowynk, melyn hy gols, a dhonsya a-ragdho, ow kana hag ow hwerthin. Klavjiores a dheuth dhe ri medhegneth ha marth a's teva dhe gavoes an klav ow skrynkya hag owth hanasa neppyth a allsa bos "Hedh e, Kerensa, hedh e! Na wra ges ahanav!" An glavjiores a davas y dal. Bros o. Henn yw an derthenn a gews, a brederis hi. Bysi via dhyn darwarnya y neshevin dhe dhos seulvegyns.

Yn tressa stevell yn Trelisk, onan o privedh kepar ha stevell Hwithrer Penntesek saw yn askell an benynes, yth esa Merywenn Harvi a'y growedh. A'ga esedh a-rag daras an stevell yth esa dew soedhek an kreslu dannvenys gans Pennhwithrer Jenkyn a'n pennplas yn Truru rag hy gwitha. Ryb hy gweli, yth esa Janna, ow hwystra taklow byghan dhedhi, taklow kepar ha "Eus kov dhis a'n jydh pan wrussyn..."

Merywenn a igoras hy dewlagas wosa pols ha minhwerthin yn hwann orth hy les-hwoer. Nena, yth igoras daras an stevell hag i a welas penn Harri Nans.

"A allav entra?" a wovynnas ev orta. "Yma edhomm dhymm a gewsel pymp mynysenn orth Mestresik Harvi."

Janna a viras orto, yn truan, marth ha preder kemmyskys yn hy dewlagas. Harri a'n jevo a-dhesempis an ewl fol hy synsi yn y dhiwvregh rag hy honfortya.

"Ny wonn," yn medh Janna. "Ny wra Merywenn kewsel y'n eur ma. Yw res dhymm mos dhe ves?"

"Nag yw. Gortewgh omma rybdhi." Harri a entras hag esedha yn ogas, ow patalyas orth y yeunadow analwesik. "Verywenn, Soedhek Harri Nans ov vy a Greslu Kernow. Res yw dhyn kewsel a'n pyth a hwarva dhywgh. A gonvedhsowgh?"

An vowes y'n gweli a viras orto, avlavar.

"Merywenn," yn medh Janna, "gwask ow leuv mar konvedhsys." Merywenn a waskas yn hwann leuv hy les-hwoer.

"Da lowr. Hi a gonvedhas, Harri."

Merywenn a igoras hy dewlagas, arta, ow klewes hy les-hwoer dhe leverel "Harri". Piw o Harri? Pleth esa soedhek an kreslu?

"Ytho, 'Verywenn, a yllowgh leverel dhymm piw a'th kibyas? O henna Mester Archie Trendlewood?"

"O," yn medh Janna wosa Merywenn dhe waska hy leuv arta. "Henna o ev, yn tevri."

"Hag esa nebonan arall henwys Oskar kemmyskys ynno?"

Janna a assentyas gans hy fenn, wosa mynysenn.

"Esons i hwath omma yn Kernow, an dhew ma?"

213

Janna a assentyas arta.

"Yma Mercedes glas-morlu gansa ha godrigys yns i yn Stret an Chapel, a nyns yw gwir?"

Merywenn a waskas arta leuv hy leshwoer ha degea hy dewlagas. Dhiworta yth esa dagrennow ow sygera.

"Skwith yw hi, Harri," yn medh Janna. Y'n pols na, yth entras klavjiores y'n stevell ow hwystra,

"Lowr! Lowr! Re glav yw hi lemmyn rag gorthybi orth agas govynnow, Soedhek! Gesewgh hi dhe goska! Y tegoedh dhywgh dehweles dydh arall!"

Rann Pymp warn Ugens

Kerensa hy honan eth dhe esedha attes yn hy hador-vregh, hy garr drehevys war skavell vyghan. Kyns esedha, hi a gemmeras an paper nowodhow a veu delivrys hag esa war an strel y'n hel-entra. Yn kettermyn hi a verkyas dew dra: yth esa maylyer yn dann an paper nowodhow hag onan a aswonnis hi. Yth esa yn sur notenn hager ynno. Ha war an gador y'n hel yth esa maylyer arall.

A'y esedh attes, Kerensa Karn a wiskas hy manegow rag igeri kynsa an maylyer a aswonnis, ow kodhvos bos notenn hager ynno, hag yndella yth o:

"GAS KRES DHODHO, TY AST!"

Henn o an messaj an weyth ma. Wosa y redya, hi a dhasworras an notenn gans rach y'n maylyer hag ena yn sagh-plastek rag y ri dhe'n kreslu.

Wosa henna, hi a igoras an maylyer arall. Ynno y kavas hi lies folenn a bup sort ha skeusennow y'ga mysk. Konvedhes a wrug desempis bos an maylyer ma gesys omma rygdhi gans Rabmen - hag yn neb kas, hi a aswonni y dhornskrif. Kler o ytho Rabmen dhe asa dhe goedha an maylyer war an gador pan dheuth dh'y gweles de heb prederi a leverel neppyth dhedhi yn y gever.

"Ass o'ta gokki, Rabmen!" yn medh Kerensa yn ughel, morethek war y lergh. "Gwelyn ytho an pyth a dhiskudhsys!"   Y redyas hi an folennow oll ha mires yn gluw orth an skeusennow. Ow talgamma, Kerensa a viras arta orth diw a'n skeusennow kyns kemmeres an pellgowser rag kewsel orth an kreslu.

An gorthugher na, Janna a dheuth arta dhe ji Kerensa Karn wosa spena brassa rann an jydh y'n klavji ryb gweli hy les-hwoer ha hi a vynna derivas dh'y ostes hwedhel a gibyans Merywenn par dell dherivas Merywenn an pyth a hwarva dhe Soedhek Hedra Lynn, a-varra. Merywenn esa yn poynt gwell es kyns hag ytho nyns esa edhomm dhedhi a weres Janna rag kewsel saw da o gensi hi gweles Janna rybdhi rag hy hennertha. Dres henna, Hedra Lynn o an gwella soedhek, yn gwiryonedh, rag may kewsso Merywenn orti drefenn bos Hedra benyn yowynk hi ynwedh ha kuv ha leun a dregeredh.

"Ytho," yn medh Kerensa Karn dhe Janna, heb perthyans, "Pandr'a hwarva poran? Dhiworth an dalleth mar pleg!"

"Wel, dell leveris vy kyns, Merywenn a dhiskudhas hanow hy thas hag awosa hi eth dhe Bolivi rag y aswonn. Wosa pols, hy thas a gommendyas dhedhi Mr Archie Trendlewood neb a ros ober dhe Verywenn yn y soedhva yn Karvryst. Hi a vynna mos arta dhe weles hy thas yn Amerika an Dyghow hag a dermyn dhe dermyn Trendlewood a brofyas dhedhi tokyn-ayr rag mos dhi. Saw yn kettermyn ev a's pysi a dhri taklow ha hi ow tehweles tre."

"Taklow? Py par taklow?"

"Fardellow, heb mar! Fardellow a gokayn!"

"Hi a wodhya y vos kokayn?"

"Na wodhya, ny wodhya wostalleth. Hag ena hi a'n dismygas saw re dhiwedhes o! Maglennys veu y'n roes!

"An druan! Ha wosa henna?"

"Yn Bolivi, hi a aswonnis gwreg yowynk hy thas, Bolivianes a agh eyndek, Nubia hy hanow ha hanter oes hy gour yw, dell hevel.

Wel, Nubia a's teves teylu bras ha Merywenn a aswonnis ogas hag oll an teylu wosa pols. Yma pymp broder dhe Nubia hag onan anedha yw henwys Oskar! Oskar Hernandez-Barri yw y hanow dien."

"Oskar! Otta wor'tiwedh agan Oskar!"

"Yn tevri! Ytho, agan Oskar, dell leverydh, a vynna kowethya gans Merywenn saw nyns esa hwans vyth dhedhi hi gul henna. Ny gara hi Oskar vyth oll. Howtyn hag orgelus yw gnas an den yowynk na, ha nebes 'macho' magata! Koegas yw dell lever Merywenn!"

"My a aswonni tus a'n par na, yn termyn eus passyes, ha my ow vyajya gans ow gour!"

"Oskar a's chasyas dibita hag ena, unn nos, wosa koen-teylu yn boesti, ev a ros karyans dhedhi yn y garr-sport rag mos tre. Nyns esa spas rag moy es an dhew anedha. Medhow o hi wosa oll an gwin ha ny waryas hi lowr, y'n gwettha prys. Oskar a hedhis an karr y'n menydhyow hag assaya hy ravna. Gwyls ha tanek yw Merywenn, byttegyns, ha hi a vatalyas orto yn fen. Hi a'n dornas war an troen hag ena y'n dhiwgell! Oskar a's herdhyas mes a'y garr kyns mos dhe ves. Y'n gwella prys, kert a dheuth wosa pols hag ynno hi eth tre. Saw Oskar, ev a vynna tyli dial warnedhi rag atti."

"Gweles a wrav an skila rag drog-gras Oskar lemmyn. Mes Trendlewood?"

"Trendlewood a vynna y arghans ha'y gokayn, henn yw oll! Merywenn a erviras nag o hi parys nafella dhe dreusperthi kokayn ytho y tienkas wosa dehweles dhe Vreten Veur an diwettha prys. Hi a dewlis an kokayn y'n attal ha gorra neb polter didhregynnus y'n fardelligow kyns mos dh'aga heschanjya erbynn an arghans. Ena hi a ros an arghans dhe Jago Hosket rag y gudha yn le a dhiogeledh ha hi a fias dhe'n fo! Marnas Trendlewood hag Oskar warbarth, i a's hwilas heb lett bys ma's kibsons!"

"Ha pleth esons i, lemmyn?"

"Nyns ov sur. Yma Serjont Gover ha Harri Nans orth aga holya dell hevel ha lies soedhek a Druru keffrys. I eth rag omsettya orth an chi may hwelsys an Mercedes du hag i a sesyas an dus esa ena, dell gonvedhav, saw nyns ov sur piw ens i. An kreslu a sesyas maga ta an dhew estren esa ow triga y'n bargen-tir - an dhew a welsyn, my ha Rabmen, an jydh na."

"My a berth kov. Ha lemmyn?"

"Ny wonn. Martesen Harri a bellgews orthiv rag derivas an nowodhow!"

Rann Hwegh warn Ugens

Seythun wosa henna, y teuth Merywenn Harvi dhe ji Kerensa Karn rag omnertha dres Pask kyns mos tre gans Janna dhe Borthpyran. Nans o dew dhydh y klewsons an nowodhow da - nyns esa namoy edhomm dhe Verywenn a dhifresyans an Kreslu drefenn bos hag Oskar ha Trendlewood sesys lemmyn yn omsettyans yn Karvryst mayth esens i ow pareusi rag fia dhe'n fo dhe'n ayrborth. Yn kettermyn, an kreslu a brofyas na vynnsens i dri kuhudhans soedhogel erbynn Merywenn mars o hi parys dhe dhoen dustuni erbynn an bagas Trendlewood yn lys an lagha.

Galsa Rabmen Palfray tre, keffrys, hag ev gwell lowr. Nyns esa marnas Hwithrer Penntesek ha Peder Paynter hwath y'n klavji ha gwell ens i ynwedh dell heveli hag ass o henna nowodhow da rag an gwragedh! Kerensa Karn a vynnsa Rabmen dhe vos gorrys dh'y chi saw nyns esa chambour arall rag nag o chi pur vras, ytho hwoer Rabmen a dheuth dhiworth Sen Ostell rag y witha dres an bennseythun sans.

Ytho, yth esa Merywenn, rydh wor'tiwedh, a'y esedh yn attes yn chi Kerensa ow klappya orth hy les-hwoer ha Kerensa ow pareusi kinyow y'n gegin. Yeyn koynt o an gewer rag an seson ha hi re wrussa glaw bras an jydh oll. Tewlwolow o seulabrys. Kerensa a enowis tan y'n oeles ha klys o an esedhva ha toemm.

Hebaska an eghwa a veu treghys yn tromm pan dhallathas nebonan knoukya yn gwyls orth an daras.

"Henna a vydh Harri, dell ov sur," yn medh Janna dh'y hwoer. "Ev a leveris ev dhe dhos omma kyns mos dhe'n ober haneth." Hi a boenyas dhe'n daras, ow kria dhe Gerensa y'n gegin. "My a dhe igeri!" Bras o hy marth, ytho, pan welas hi estren y'n treudhow.

An den a's herdhyas dhe denewen rag entra y'n chi, ow mos y'n hel hag ogas distowgh ev a welas Merywenn y'n esedhva der an daras igor.

"Merywenn!" a armas an estren, ow mos wor'tu ha hi. "Wor'tiwedh! My re'th kavas!" Den hir ha krev o hag yth esa kreyth war y vregh.

"Merywenn! Bydh war!" Janna a boenyas war y lergh, ow kria. Hi a armas dhe'n estren, "Piw os ta? Gas kres dhe'm hwoer!"

"Prag y teuvesta omma, Alan?" a grias Merywenn orth y weles. "Ke dhejy tre lemmyn!"

"Taw dhymmo vy ha na gows ger, ty debelvenyn!" a armas an den.

"Piw yw ev?" a wovynnas Janna orth hy hwoer.

"Alan Plenkynn - Kreyth," a worthybis Merywenn.

An den a settyas dalghenn yn Merywenn, orth hy thenna a'n soffa hag ev a dhallathas hy shakya.

"Gas kres dhymm!" a skrijas hi ow tiank pols. "Medhow osta! Penn medhow os herwydh usadow!"

Saw bras ha krev o an den hag ev a's synsis arta, y dhiwdhorn lemmyn a-dro dh'y honna.

"Deus omma, ty debel voren, myrgh hy ben!" a armas ev, "Deus omma dhymmo! My re beu orth dha hwilas termyn hir!" Ha gans henna, ev a assayas amma dhedhi yn maner arow, ha hi owth omwen rag diank y dhalghenn. Janna maga ta a dhallathas skrija ha poran y'n pols na, a-berth y'n stevell y teuth benyn dhiworth an stret der an daras igor.

Mowes yowynk o an venyn yn tevri ha pan welas bos an den ow taga Merywenn yn dann amma dhedhi, hi ynwedh a dhallathas usa. Janna ha'n vowes a omdewlis war an den hag yth esa pubonan ow kria hag ow karma warbarth. Awos y vos kreffa, an den a dewlis a-ves an dhiw venyn wor'tiwedh hag ev a synsis arta Merywenn der an konna gans y dhiwdhorn noeth. Yth esa ev ow hwysa hag

222

ow rogha, rudh y dhewlagas ha muskok y semlant.

"My a wra dha ladha, ty vleydhes!! Ass os ta tebelvoren! Dhe'th kregi!" a grias ev, yn unn dythya.

Dres oll a henna, yth esa Kerensa Karn y'n gegin, stag, ow kyki der an porth heb gul son. Wor'tiwedh, hi a dhifunas hag ow nesa dhe'n pellgowser, yn tawesek hi a herdhyas teyrgweyth an boton 9.

Nena, ow kemmeres hy kroch daskevys gesys y'n lowarth, hi a fistenas y'n stevell rag gweskel an den ganso. Frappyes war y skoedh, ev a dreylyas rag gweles an pyth re hwarvia ha'n kroch a'n gweskis arta, poran war y droen. Dison, y droen a dhellos goes hag ev a armas avel baban gans an payn. Owth herdhya Merywenn dhe denewen, ev a gudhas y droen goesek yn y dhiwdhorn ha dalleth, ev ynwedh, skrija hag usa.

Y'n pols na, y teuth Harri Nans ow poenya y'n stevell. Bodharhes gans an habadoellya oll ha sowdhenys, ev a viras orta yn kettep penn. Skav o y vrys byttegyns ha kyns an den dhe waya, Harri Nans a grias yn ughel,

"KRESLU! DIWLA YN BANN PUBONAN!"

Distowgh, an den a boenyas dhe'n daras, an vowes yowynk orth y holya, saw uskissa o Harri. Ev a worras troes yn hyns an den a drebuchyas ha koedha poes dhe'n leur.

Avel lughesenn, Harri a worras diwla an den yn kargharow ha nena peub a glewas son a garr-kreslu ow tos rag gweres. An vowes yowynk a assayas avodya der an daras dhelergh saw Janna a's kachyas gans an gols hir ha rudh hag a's tennas dhe esedha war gador ryb an den.

Yn kettermyn, Kerensa Karn eth yn uskis dhe dhegea an darasow rag aga lettya rag diank, wosa kreswas arall dhe entra.

"Piw owgh hwi?" a wovynnas Harri Nans orth an dhew geth. Ny lavarsons ger. Merywenn, gwynn hy enep, a hanasas yn hos,

"An den ma, Alan Plenkyn yw y hanow. Nyns ov vy sur a'n vowes."

"My a woer piw yw hi," yn medh Kerensa Karn. "Homm yw Sara Angov a Fowydh a ober omma avel gweres-skol."

Harri Nans a skrifas an henwyn yn y skriflyver. Ow talgamma nena, ev a hwithras aga enep,

"Pandr'a hwarva omma?" yn medh ev, wor'tiwedh.

"Hi a vynn ladra ow den arta!" a skrijas Sara Angov, bras hy sorr, ow skrynkya orth Merywenn.

"Taw, syns dha vin, ty wokki! Na gows moy!" a erghis Alan Plenkyn dhedhi, ow klanhe y droen gans kweth-te lyb res dhodho gans Kerensa Karn.

"Ny gonvedhav vy tra," yn medh Harri Nans, owth hanasa, skwith.

"Gesewgh vy dhe glerhe an kas," a brofyas Kerensa Karn. "Sara Angov omma yw an huni a skrifas oll an notennow-godros dhymm, dell grysav. Ottomma an diwettha onan - y hallsa bos olow hy bysies warnedhi."

Hi a ros an notenn y'n sagh plastek dhe Harri a's gorras yn y boket kyns skrifa nebes geryow moy yn y skriflyver.

"Nyns o my!" a grias Sara. "Ass osta troen-droghya!"

"Sara a dybis," a besyas Kerensa Karn heb hokya, "bos Merywenn owth assaya ladra hy heryas - henn yw dhe leverel, an den hudel ma, Alan Plenkynn. Ha moy es henna, hi a wogrysi bos Alan Plenkynn moldrer, kablus a voldrans Jago Hosket! Hemm yw hy reson ha praga y skrifas an notennow - rag sawya hy den a'n kreslu."

Harri Nans a dalgammas arta, ow skrifa yn uskis. Wor'tiwedh, ev a leveris:

"Ytho, ni a'gan beus omma dew gablus - an eyl a voldrans, y ben a wodros. Yw henna gwir?"

"Nag yw. Y'n gwettha prys, nyns yw henna gwir - ny'gan beus marnas onan anedha - Sara. Nyns o Alan Plenkynn a ladhas Jago

Hosket. Ny wonn - martesen yth yw kablus a gen tra, saw sur ov vy na ladhas ev Jago."

Ass re bia dydh hir seulabrys! Harri Nans a hanasas, skwith, ow leverel: "D e u n d h e ' n gwithyatti, 'bubonan, ha ni a wra kewsel pella a'n mater ena."

Rann Seyth warn Ugens

Y'n gwithyatti, y hworras Sara Angov hag Alan Plenkynn y'n baghow kyns i dhe wul aga derivas dhe'n kreslu derag aga den an lagha. Harri Nans ha Serjont Gover eth gans Merywenn ha Janna may kwrellens i aga derivas distowgh - ny vynna Merywenn kewsel orth den an lagha kyns dell leveris hi yn ter, erbynn kusul Harri.

Kerensa Karn a omgavas yn soedhva Hwithrer Penntesek, orth ganow gans den bras ha rudh y enep.

"Esedhewgh, Madama.   Pennhwithrer Jenkyn yw ow hanow. Yma Hwithrer Penntesek y'n klavji dell wodhowgh hag y fynnav klerhe an kas ha restra an paperweyth kyns ev dhe dhehweles dhe'n ober.   Leverewgh dhymm, ytho, piw a ladhas Jago Hosket, orth agas brys, mar ny veu Alan Plenkynn."

"Prag y fynnsa Alan Plenkynn ladha Jago Hosket, 'Bennhwithrer? Wosa an kedrynn yntredha, nyns ens i namoy kowetha dha saw nans o an livow bashes.   Yth esa, byttegyns, kammgemmeryans rag na wodhya Alan Plenkynn bos Merywenn keniterow Jago. Nans yw hirneth ha hi hwath trigys yn Porthpyran, Merywenn o kares Alan.   Na ankevewgh bos Alan pyskador hag ev a oberi pols yn Tewynn

Pleustri nag yw pell a Borthpyran. Saw wosa mos dhe bennskol yn Karvryst, Merywenn a dorras hy mellow gans Alan, dell hevel, hag alemma rag, ev re beu ow toen sorr y'n golonn warnedhi. Orth hy gweles gans Jago, ev a borthas avi meur orta hag ev a venegas neppyth yn y gever dhe Sara, my a grys."

"Ytho, Madama, Sara Angov yw an huni a ladhas Jago Hosket, orth agas brys."

"Nag yw, nyns yw Sara a'n ladhas! Gokki yw hi martesen saw nyns yw hi tebelvenyn!"

"Piw a'n ladhas, ytho?"

"Tavosek bras yw Alan Plenkynn, medhow, hag ev a glappya a neb 'tebelvoren' dhe beub y'n diwotti, y'ga mysk y das. Wosa gweles Jago ha Merywenn ow metya warbarth war an pons moy es unnweyth, ev eth gans y das dh'aga enebi. Nyns esa saw Jago y honan war an pons an jydh na drefenn bos Merywenn tamm diwedhes. An tri gour a gedrynnas, an argyans a dheuth ha bos hwern ha Tas Plenkynn a gnoukyas Jago yn fell war an penn - gans men bras, my a grys, a gemmeras war y fordh - kyns herdhya korf Jago a-dhiwar an pons."

"Tas Plenkynn? Jakob Plenkynn? A nyns esa ev gans y vab ow pyskessa oll an termyn?"

"Henn yw an pyth a lavarsons i. Pubonan a dybis bos henna gwir saw yn gwiryonedh, i a ankoryas aga hok yn porth

Aberfal ha dehweles yn karr rentys gans Alan. I a wre henna treweythyow kyns, ow sywya aga negys y'n varghas du! Bilens yns, an dhew!"

"Eus neb prov, Madama?"

"Eus. Yma skethennik pann glas - a dheuth dhiworth krys Jakob. Ha Merywenn a welas puptra, kudhys par dell o y'n gwydh yn ogas. Hi a dheg dustuni. Hi o an vowes gwiskys yn melyn a welas Sessil Prowse."

"Meurastahwi, Madama," yn medh Pennhwithrer Jenkyn dhedhi, ow kul galow dhe ordena sesyans Jakob Plenkynn. "Hag ow kewsel a Sessil Prowse - piw a ladhas an den truan na?"

"Y'n kynsa le, y tybis vy bos henna an keth den - saw my a woer lemmyn nag o Jakob Plenkynn a ladhas Sessil. My a glewas lev an denledhyas der an pellgowser. Nyns o na Jakob nag y vab. Lev estren o. My a borthas kov a henna diwettha - Rabmen ha Janna a dherivas dhymm aga aneth oll y'n prasow ha'n dus estren a'n krowji. Onan anedha a ladhas Sessil, my a grys. Hag onan anedha a ladhas an ki y'n bargen tir na, Krowswynn. Nyns ov sur poran pyneyl anedha yw dhe vlamya. Res yw dhywgh daskavoes henna, Syrra!"

"Prag y fynnsons, an estrenyon, ladha Mester Prowse?"

"Ev a welas neppyth, my a grys - yn oll hevelepter, ev a welas an estrenyon ow sywya

Merywenn, an jydh na, heb aga attendya. Ha tavosek lowr ova, ytho yth esa own dhedha ev dhe glappya y'ga hever. Adlyon yns i, an estrenyon na, arvethesigyon a'gan Mester Trendlewood poken a Oskar."

"Meurastahwi, Madama," yn medh Pennhwithrer Jenkyn arta.

Ha Kerensa Karn ow mos yn mes a'n gwithyatti, hi a dheuth erbynn Harri Nans esa ow pareusi koffi rag an dhiw hwoer.

"Leverewgh dhe Janna, mar pleg dhywgh, hi dhe dhehweles dhe'm chi rag koska haneth pan vydh hy derivas gorfennys," yn medh hi dhodho.

"Yn sur, Vestres Karn. Ha hy hwoer?"

"Hag hy hwoer maga ta mar nyns eus edhomm dhywgh nafella anedhi."

"Yma edhomm dhedhi a dhifresyans, dres oll. A via kummyas dhymm a dhos dhe goska ynwedh y'gas chi, haneth? - rag bos sur. Avorow ni a yll restra chi-diogel rygdhi."

"Henna a via solas, yn gwiryonedh! Ny'm beus marnas tri chambour - a viesta attes war an soffa?"

"Heb mar! Bys diwettha, Vestres Karn."

Hag yndella, y hworfennas an jydh hir na, an teyr benyn ow koska yn kosel a-wartha ha Harri war an soffa, a-woeles, owth hunrosa a onan anedha ha'y dewlagas hweg ha glas.